KB010002

이주호 지음
브릭스,

정말 있었던 일이야,
지금은 사라지고 말았지

정말 있었던 일이야, 지금은 사라지고 말았지

초판 1쇄 찍은날 2021년 4월 29일

초판 1쇄 펴낸날 2021년 5월 6일

지은이 이주호 ◎ 편집 신태진 ◎ 일러스트 황성호 ◎ 발행 이수진

펴낸곳 브릭스

주소 서울시 종로구 새문안로5가길 28 광화문플래티넘오피스텔 5층 502호 (적선동)

전화 02-465-4352 │ 팩스 02-734-4352

이메일 admin@bricksmagazine.co.kr ◎ 홈페이지 bricksmagazine.co.kr

페이스북 facebook.com/magazinebricks ◎ 인스타그램 @bricksmagazine

브런치 brunch.co.kr/@magazinebricks

책값은 뒤표지에 있습니다.

ISBN 979-11-90093-14-9 03810

정말 있었던 일이야,
지금은 사라지고 말았지

차 ——— 례

정말 있었던 일이야,

지금은 사라지고 말았지.

- 무라카미 하루키, 〈1973년의 핀볼〉 중에서

어릴 적 나는 물고기였다. 메케한 바람이 수면에 녹아 사라지거나, 더는 지루해서 못 참겠다는 듯 이따금 한숨 같은 기포를 터뜨릴 때 말고는 생명의 요동조차 없던 시절, 상상이 되시는지. 오십 년 동안 숨을 들이쉬고 백 년 동안 내뱉으며 8억 번 숨을 쉬던 때의 이야기를 더듬어 보자니, 정말이지, 이보다 고요하고 지루한 일이 또 있을까? 나라거나 너라는 구분이 없던 시절, '우리'라 불러도 좋을 '물질' 안에서 인력과 부력의 평형점 위를 부유하거나 떠밀려 다니는 게 생명 활동의 전부이던 시절. 그래도 다들 그런 걸 삶이라 불렀다.

자의식, 자기표현 없이도 삶은 가능했다.

　점액질 바다에서 살던 때를 생각해 보면, 정말 내가 살아 있긴 했는지, 죽어 있던 건 아닌지 흐리멍덩하다. 무리의 어느 부분들은 끊임없이 새로 만들어지고 떨어져 나갔겠지만, 누구도 그걸 '나의' 죽음이라든가 내 오른쪽 다섯 시 방향 일곱 번째에서 헤엄치던 미끈이의 죽음 따위로 부르지 않았다. 그때는 이유를 몰랐다. 지금이라고 확실한 건 아니지만, 무리에 속한 물질들은 죽음을 몰라야 했던 게 아닐까 싶다. 삶이란 그저 무리가 꿈틀대는 대사 작용에 머물러야 했으니까.

1991년, 세계의 문

1991년 봄날 아침이었다. 50개의 어린 무리가 음울한 어둠을
삼키고 뱉으며 뒤섞여 있었다. 저 멀리 수면을 두드리는 건
아마도 빗방울이었을 거다. 똑, 똑, 창을 두드리는 방울들.

　　위스키,

　　　브랜디,

　　　　블루진,

　　　　　하이힐,

　　　　콜라,

　　　피자,

　　밸런타인데이

빗방울이었을까? 일곱 개의 단어가 점액질 표면을 내리쳤다. 처음엔 그 소리를 듣고 있는 게 '나'라는 것조차 알지 못했다. 점액질을 울리는 파동이 나를 감쌌고, 기포처럼 진공 속에 불쑥 나를 가두고는 무리에서 떨어뜨렸다. 나는 느닷없이 무리 밖 객체가 되어 지각 저편에 내동댕이쳐졌다. 몸에서 점액질을 뚝뚝 떨구며 마르고 컴컴한 지각을 딛고 있는 건 누구였을까? 그게 정말 '나'였을까? 어쩌면 누구나 겪는 생장 과정일지 몰랐다.

하지만 무리는 여전히 무리대로 동일성을 유지해 나가는 듯 보였다. 분명 무리에서 떨어져 나간 '나'라는 빈 공간을 느끼지 못하는 것 같았다. 첫걸음. 한참 만에 또 한 걸음. 한 발로 몸을 지지하며 다른 한 발을 내려놓기까지 몇 번의 숨을 쉬었을까? 까마득히 들이쉬고, 한도 끝도 없이 내뱉고.

건조한 바닥을 디딜 때마다 '나'라는 감촉이 또렷해졌다. 다리 힘이 '나의' 것인 듯 느껴졌다. 걷는다는 것은 '혼자'여야 할 수 있는 일이구나. 그런 생각을 했던가? 생각이란 걸 했던가? 그렇다면 그게 나의 첫 번째 '생각'이었을 거다.

"걷는 것은 '혼자' '하는' 것."

길은 어디로도 나 있었고, 그러니까 따로 길이란 게 있는 것 같지는 않았고, 나는 벌판에 서서 아주 먼 곳을 바라보았다. 내가 갈 길이 내 앞에 곧장 뻗어 있는 것 같았으나 어디에도 없는 것 같기도 했고, 이곳에 서 있으나 저곳에 서 있으나 결국 나는 여기에 서 있었다. 세상은 가도 가도 '여기'였다. 길을 알려줄 다른 객체를 만나고 싶었다. 만약 두 번째 생각을 하게 된 게 바로 그때라면,

"객체는 언제나 혼자."

나는 그렇게 환영도 환송도 없이 혼자 조용히 '세계의 문'을 넘었다. 문 너머 세계 역시 오랜 세월 걸어도 짐작할 수 없는 길고 쓸쓸한 진공 상태라는 사실을 그때는 알지 못했다. 어디에 닿겠다는 바람 없이 이어폰을 끼고 위스키, 브랜디, 블루진, 하이힐……, 그 건조하고 생소한 지표 위를 터벅터벅 걸었다. 길을 잃을까 두렵지는 않았다. 처음부터 길

로 들어섰던 게 아니므로,

"걷는다는 건 내내 길을 잃는다는 것."

생각은 이걸로 끝이었나?

재즈카페

블루진이 멋지게 들러붙는 긴 다리, 까만 머리, 까만 눈, 넥타이를 매고 하이힐을 신은 진화된 개체들이 맥주병, 위스키 잔을 들고 있는 세상, 그곳의 이름은 '재즈카페'. 하지만 1991년 내가 살던 세상에선 누구도 위스키를 마시지 않았다. 하이힐을 신고 재즈를 들으러 다니지도 않았다. 다리미에 눌어붙어 번들거리는 교복, 발목에서 댕강거리는 바짓단, 3센티미터 앞머리를 아등바등 세우는 것이 멋의 전부이던 중학생. 그게 이어폰을 뺐을 때 세상에 드러난 나의 형체였다.

　학교를 오가며, 시립 도서관에 앉아 교과서를 외우며,

농구공을 튕기면서 집으로 돌아가며, 나는 그 노래 '재즈카페'를 들었다. 주말 밤 서부 영화에서 본 나무문, 나무 바닥, 바텐더가 서 있는 기다란 나무 테이블을 떠올렸던가. 재즈카페란 어떤 곳일까? 나무 계단을 내려가 묵직한 철문을 열고 자욱한 연기를 관통해 안을 바라보면 피아노 앞에 앉아 막 노래를 마친 그가 마이크를 가까이 당기며 말한다. 이곳은 공허한 곳, 우리는 허공을 딛고 사는지도 몰라. 행복한 장소 같은 건 없어. 너 자신이 행복한 사람이 되어야 해. 무엇이 너를 행복하게 하지? 상상해. 상상만큼만 행복을 누릴 수 있어.

상상은 더 나아가질 않는다. 재즈카페의 모습도, 그의 말도, 나의 행복도.

그는 유치원 때 피아노 레슨을 받았고 초등학교 때는 브라스밴드부에서 클라리넷도 불었지만, 교사들이 그의 부모님에게 간곡하게 말했다고 한다. 아들에게 음악적 재능이 없으니 학업에 충실하는 게 좋을 것 같습니다. 음악적 재능 없이도 그는 고등학교 때 록 밴드를 결성했다. 그는 자신을 언더그라운드 음악인이라고 생각했다. 대학에 들어가며 그

록 밴드를 6인조 밴드 무한궤도로 정비했다. 학생들이 모여 만든 밴드니 스쿨 밴드라고 할 수 있었지만 보통 스쿨 밴드는 같은 학교 출신들이나 동아리 밴드였다. 각기 다른 학교에 다니는 멤버들이 모여 만든 밴드는 스쿨 밴드 범주에 들지 않았다. 그들 스스로 언더그라운드 밴드라고 생각하건 말건 멤버 모두가 서울대, 연세대, 서강대에 재학 중인, 록 밴드를 하기에는 지나치게 학벌이 좋은 모범생 집단을 언더그라운드 밴드 집단에서도 자기들 부류에 넣어 주고 싶었을리 없다. 이 어정쩡한 위치에서 그들이 할 수 있는 최선의 선택이 대학가요제였다. 대학가요제는 순수 창작곡 경연 대회였다. 그는 원서를 접수하자마자 경연 노래 만들기에 돌입했다. 무한궤도 음악이 다섯 곡 정도 있기는 했지만, 경연에 적합하지 않다고 생각했다. 그는 다른 팀 객원으로 여름에 열리는 강변가요제에 출전해 본 경험으로 경연에 맞는 곡이 따로 있다는 걸 알고 있었다. 가요제 현장에서 처음 듣는 곡을 열 곡 넘게 들어야 하는 관객 입장에서 단번에 귀를 잡아채는 멜로디가 아니면 인상에 남을 수가 없다. 그러려면 후렴이 아니라 강력한 인트로에 초점을 두어야 한다. 멜로디는 신나고 단순해야 하지만 지루해지면 안 된다. 주어진 4분 동안 계속해서 변해야 한다. 현장에서 관객에게 가사 같은 게 전달될 리 없다. 쉬운 가사를 반복하자. 그는 동네 문방구에서 멜로디언을 사 와 이불을 뒤집어쓰고 곡을 만들었다. 부모님이 알아서는 안 됐다.

1988년 12월 24일 잠실 체조경기장. 16개 참가팀 중 마지막 순서. 사회자가 서울대, 연세대, 서강대 연합 팀 무한궤도라고 소개하자 화려한 학벌 나열에 대학생들마저 놀란다. 저런 애들이 밴드 음악을 해 봤자 얼마나 하겠냐는 반감도 조금. 키보드 주자가 셋이나 되는 기이한 밴드가 등장했다. 가죽옷, 장발 같은 록 밴드 이미지가 아닌 머리를 단정하게 자르고 셔츠를 입은 공부 잘하게 생긴 청년들. 그러나 그들은 종로 언더그라운드 무대에 서 본 경험이 있었고, 인기 있는 밴드 '부활'의 오프닝 무대에 서 본 경험도 있었다. 숙명여대 강당에서 친구, 친척이 대부분인 500명 관객을 두고 단독 공연을 해 보기도 했다. 앞선 15개 참가자들이 잔잔하게 노래하는 동안 심사위원장 조용필은 잠들어 있었다. 자, 이제 마지막 참가자. 조명이 참아왔던 온갖 기능, 색조를 폭발하며 체조경기장을 클럽으로 만들었다. 1988년 서울올림픽에 사용하던 조명 장비의 렌털 기간이 남아 이날 무대에 설치해 놓았는데, 다들 얌전하게 발라드를 부르는 바람에 조명감독은 무대를 무료하게 지켜볼 수밖에 없었다. 이어지는 분풀이, 직업 정신, 조명의 순기능. 그리고 드라마틱한 키보드 서사, 앞으로 40년 넘게 대학 응원가로 쓰일 노래, '그대에게'의 '그' 인트로가 시작되고, 심사위원장은 눈을 떴다. 경연은 그걸로 끝났다. 무한궤도는 대상을 받았고, 조용필의 도움으로 대영AV라는 음반 회사와 계약했다. 계약 기간 5년, 밴드 해산 시 그가 홀로 나머지 기간을 채운다. 1989년 6월 무한궤도 첫 앨범이 발매되었다. 수험생들의 연가 '우리 앞에 생이 끝나갈 때', 사랑에 빠진 20대 연인들이 맥락 없이 빠져드는 슬픔과 다짐의 드라마 '조금 더 가까이', 그가 앞으로 하고 싶은 음악을 정신없이 나열한 '슬퍼하는 모든 이를 위해'. 밴드는 언제 해산한지도 모르게 흩어지고, 1990년 그는 강변가요제 낙선 곡 '슬픈 표정 하지 말아요'를 타이틀곡으로 솔로 1집을 발매한다. 발라드 히트에 이어 '안녕'이라는 댄스곡으로 허리춤을 추며 아이돌 등극. 밴드인가, 아이돌

인가. 어정쩡한 위치. 그리고 다음 해 밴드가 아니면서 밴드 음악을 담은 1인 밴드 앨범 〈My self〉를 발표한다. 거기에 수록된 '재즈카페', 재즈카페 벽면에 낙서처럼 적힌 일곱 단어. 나를 세계의 문밖으로 끄집어낸 위스키, 브랜디……

이제 다시는 무리 속으로 돌아갈 수 없을 거라 생각했다. 1991년 봄, 나는 그가 내뱉은 모든 낱말에 사로잡혔다. 자랑할 것은 없지만 부끄럽고 싶지 않다는 '길 위에서', 내 마음 깊이 초라한 모습으로 힘없이 서 있는 나를 안아 주고 싶다는 '나에게 쓰는 편지', 50년 후 나는 어떤 모습으로 떠다니고 있을까 묻던 '50년 후의 내 모습.' 벤치에 앉아 할 일 없이 시간을 보내긴 정말 싫다는 노랫말. 내가 지금 이럴 땐가? 작은 책상에 갇혀 내 생명과 관련된 아무 일도 하지 않고 저 머나먼 '나'라는 개체나 내가 떠다니는 지금 세상과 무관하게 쏟아지는 무의미한 조언들 속에 머물고 있어서 되겠는가! 행복한 삶. 50년 후에 돌아볼 내 인생은 행복하면 좋겠다. 하지만 행복이 무엇인지 그때껏 경험해 본 적 없었다. 고요와 부유, 무리를 벗어나면 안 된다는 억압, 보살핌. 정말 그래야만 할 것 같은 불안. 이런 생 어디에서 행복이란 말을 할 수 있을까? 그가 말하는 행복이란 무엇일까? 나에겐 처음부터 말을 걸 만한 내가 존재하지 않았다. 할 말도 들을 말도 없이 이렇게 잠잠하게 살랑이기만 할 텐가. 이런 삶 걷어치우고 지금 당장 무얼 해야 할까? 무리를 떠나 세상을 헤매다녀야 하나? 그럴 수 있을까? 내가 디딜 세상이 있을까?

카세트테이프를 멈추고 귀에서 이어폰을 빼면 다시 물고기. 무리 안에서 가만 어깨를 좁힌다. 중간고사, 그것이 내가 망망대해를 떠다니며 상상할 수 있는 유영의 전부였다. 재즈카페 출입구 손잡이 대신 답안지 마킹 펜을 손에 쥐었다. 중간고사 첫날이었다. 비가 왔고, 눈은 영어 지문에서 자꾸 흐릿한 창으로 옮겨갔다. 머릿속을 맴도는 건 오로지 위스키, 브랜디, 블루진, 하이힐……. 일곱 단어가 되풀이, 되풀이. 시간은 다 돼 가고 문제는 아직 많이 남았다. 콜라, 피자, 밸런타인데이. '흐린 창문 사이로 하얗게' 맺히는 봄비. '우린 어떤 의미를 입고 먹고 마시는가.' 그걸 알기 위해선 또박또박 답안지를 채워야 했으나, 아, 저 봄비, 아니 위스키. 아무렇게나 메꿔버린 답안지, 행복은 단념해야 하는 걸까? 일 년, 또 일 년. 고등학교 입시를 치르고, 대학 입시를 치렀다. 그것이 내가 할 수 있는 전부, 무력한 내게 주어진 선택의 전부였다. 나는 그 안에서 필사적으로 무리를 떨쳐낼 기회를 찾았다. 이곳을 떠날 수만 있다면, 무리를 벗어날 수만 있다면, 이 지긋지긋한 체벌과 협박과 아무 일도 일어나지 않는 싸움과 위협, 가난 말고는 어떤 수식어도 없는 골목에서 떠나고 싶었다. 하지만 언제나 그 자리, 어정쩡한 세계.

중간고사야 말할 것도 없지만, 일곱 단어 안에도 어떤 뜻이 있는 건 아니었다. 그건 그저 단서들이었다. 그 단어를 한데 모으면 '먼 훗날 언젠가' 내가 살아갈 공간이 그대로 구성되는 나의 방안, 재즈카페가 되었다. 그걸 일찍 알았다면 좀 더 많은 걸 갈구했을 텐데, 차라리 조급했을 텐데. 먼 훗날 내가 재즈카페에 앉아 위스키를 마시게 될 때마저도 나를 채우고, 내가 추구하는 것이 그저 또 다른 '무리'에 불과하리라는 것을 어찌 짐작할 수 있었을까. 그 오랜 고독을 견뎌 닿은 곳이 또 다른 무리, 그저 그런 무리였다는 사실을.

In my place

2003년 4월 어느 새벽. 휴대전화 시계는 아직 깨어나기 이른 숫자를 밝히고 있었다. 아직 한참 더 잘 수 있겠어. 잠이 들었다 깨어 보니 막 여름이 시작되던 6월 초였다. 두 달을 내리 잔 건 아니었다. 전화기 액정에 엉클어진 숫자가 깜빡이고 있었다. 고장 난 전화기 덕에 두 달 훌쩍 나이 들어 버렸지만 놀라지는 않았다. 오늘이라도, 내일이라도 그날이 그날인 하루들만 별일 없이 다소곳하게 놓여 있었다. 수요일 밤 10시, 토요일과 일요일 오전 11시. 과외 아르바이트를 하는 시간만 놓치지 않으면, 나머지 시간은 멈추건 늘어지건 상관없었다.

철학보다 욕을 잘하는 늙은 교수의 멱살을 잡았다. 다음 날 내가 다니던 국문과 교수들이 나더러 학교를 나가 달라고 했다. 징계랄 것도 없이, 서류 절차도 없이, 후문 가까이에 있는 인문대 건물에서 정문까지 이어지는 기다란 캠퍼스를 '걸어서' 나왔다. 오래전 지각의 문을 넘던 그 봄날 아침부터 줄곧 발버둥 쳐 도착한 탈출구, 대학. 나는 그곳에서 멀찌감치 던져졌다. 자네가 알아서 나가 주었으면 좋겠네. '알아서'라는 말에는 내 의사를 알고 싶지 않다는 강력한 거부, 적대감이 서리어 있었다. 교문을 나서며 나는 그곳이 내가 걸어 나가야 할 지각의 저편, 세계의 문을 넘어선 자리가 아니었다는 걸 알았다. 내 존재 한가운데를 관통하는 질주 한복판이 아니었다. 그곳마저도 질주의 시간이 오길 잠잠히 기다리는 무리들이 덩어리진 사회였다. 나는 또 한 번 환송도 배웅도 없이 지각의 문을 넘었다. 그러나 막막한 망망 대지에 발을 디딜 용기가 없었다. 내가 자라왔던 세계, 깊고 질척한, 막막한, 그 깊은 바다.

먼 나라로 가볼까 생각만 할 뿐 나는 이미 고등학교를

졸업할 때까지 살던, 미군 부대 담장으로 에워싸인 서울 근교 도시로 가는 지하철을 타고 있었다. 내가 그 도시에 갖고 있던 건 연고가 아니라 기억이었다. 그때는 가족 모두가 그 도시를 떠나 있었지만, 내가 숨어들 듯 찾아갈 곳은 내게 가장 익숙한 장소, 나를 가장 비루하게 방치할 수 있는 자리였다. 그렇다고 숨어 지낸 건 아니다. 그곳은 익숙하긴 해도 내게 무슨 일이 있든 신경 쓰지 않는 점액질 속이었다. 며칠 뒤 역 앞에 작은 오피스텔 방을 구했다. 미군 부대 때문에 고도 제한이 있던 도시에 처음 지어진 18층 고층빌딩이었다. 무리들은 5층보다 높은 건물이 낯설었다. 10층 이상인, 그것도 다섯 평 정도 되는 사무실에서 할 만한 일을 생각해 낼 수 없는 도시였다. 엘리베이터가 건물 높이 절반을 통과하면 비어 있는 곳이 많았다. 월세는 대학가 자취방의 반도 되지 않았고 보증금도 없었다. 13층. 사는 동안 한 번도 누군가와 마주쳐 본 적 없는 복도를 지나 1303호 현관문을 열면 정면은 천장부터 바닥까지 전면이 유리창이었다. 그러나 창밖은 새로 지어진 모텔 건물 벽에 완전히 가로막혔고, 건물 사이 간격은 고작 3미터.

1303호 벽에는 캐피탈, 인터내셔널 하는 금색 명판이 그대로 붙어 있었다. 창을 등지고 현관문을 바라보는 위치에 책상 하나, 책상 오른편 벽에 책장 하나. 방 한가운데 1인용 소파와 3인용 소파가 'ㄱ'자 모양으로 놓여 있고, 그 사이에는 나뭇결무늬 시트지가 담뱃불에 짓눌린 자국이 여럿 나 있는 테이블이, 그 위에는 종이컵과 담배꽁초, 딱딱하게 굳은 휴지 뭉치, 과자 봉지가 먼지에 포근하게 덮여 있었다. 책상 바로 위 천장에는 누렇고 진득한 담배 연기 자국이 동그랗게 나 있고, 책장에는 비어 있는 파일 몇 개와 홍보 브로슈어, 부동산 관련 서적, 〈누가 내 치즈를 옮겼을까?〉 같은 자기계발서 몇 권이 꽂혀 있었다.

그곳에서 수능 언어영역 과외를 해 보기로 했다. 먹고 자는 것도 당연히. 친구가 가르치던 여학생 둘과 남학생 하나를 소개받았다. 남학생은 수요일과 토요일, 여학생 둘은 토요일과 일요일, 각각 두 시간 수업으로 월세와 생활비는 그럭저럭 감당되었다.

창밖 풍경 한가운데는 모텔 방 창문이 차지하고 있어서 가끔 창을 열어두는 사람들이 있으면 안에서 벌어지는 일들이 적나라하게 보였다. 그 소식이 어느덧 친구들 귀에 들어가 수시로 찾아오는 관람객들이 있었다. 하지만 그쪽이 보인다는 건 이쪽도 보인다는 것이므로, 관객의 성화에 블라인드를 달아야 했다. 금요일 밤이면 술을 사 들고 찾아와 취업, 토익 점수, 적성 검사 같은 보통 걱정들을 심각하게 나누는 듯하다가도 건물 사이 빈 공간을 날카로운 탄성이 채울 때마다 재빨리 불을 끄고 블라인드 틈을 살짝 벌리는 관람객으로 돌아갔다. 취업이고 학점이고 다들 서로의 말에 집중하는 분위기는 아니었다.

　모텔 이용자들이 모두 한 가지 목적으로 창문을 여는 것은 아니었다. 공사 일을 하는 남자들이 일주일 정도 숙소로 사용하며 담배 연기를 내뿜었고, 주말엔 주로 외박을 나온 군인들 서넛이 밤새 술을 마시며, 마찬가지로 담배 연기를 내뿜었다. 한여름 더위를 피해 온 가족이 불판과 삼겹살을 싸 와 창문을 활짝 열어 놓고 에어컨 바람을 실컷 쐬며 고기 굽는 연기를 내보냈고, 일요일 아침 일찍 창가에 컴퓨터를 당겨 놓고 해가 질 때까지 종일 온라인 고스톱을 치던 여자는 날카로운 게임 효과음으로 하루 종일 3미터 빈 공간을 채웠다. 창을 마주하고 있다고 이웃이 된다거나, 아침에 이불을 털며 날씨 안부를 나눌 수는 없었다. 내 이웃들은 시선에 긴장한 사람들이었고, 그 긴장에 감염된 나도 그들 눈을 피해 창가에선 기지개조차 켜지 않았다.

그래도 오피스텔 생활은 금세 자리를 잡았다. 책장 하나를 더 구입해 전에 있던 책장과 나란히 세우고는 그걸 가림막 삼아 침대를 놓았다. 소파에서 잘 때처럼 밤에 자주 깨지 않았다. 발 뻗고 잔다는 말은 다리를 다 뻗고 자야 마음이 편하다는, 매우 간단하지만 절실한 인간 생존 조건이었다. 침대가 있다고 마음 놓고 잘 수 있는 날이 줄곧 이어지진 않았다. 중앙난방을 하는 사무용 오피스텔이라 밤 9시면 모든 냉난방이 끊겼다. 그야말로 몸으로 견뎌야 하는 계절들이었다.

학부모들 소개로 과외 제안이 몇 건 더 들어왔지만, 두 시간 수업을 하려면 바로 직전 세 시간 정도는 미리 공부를 해야 했기에 두 팀이 내가 수용할 수 있는 한계였다. 돌발 질문이 나오지 않게 하려고 수업 자료를 수업 직전에야 나눠 줄 만큼, 늘어나는 수입, 수업을 감당할 능력이 안 됐다.

방안에 혼자 있을 땐 되도록 '가만히' 있었다. 그게 생활비를 아끼는 가장 좋은 방법이었다. 이어폰을 끼고 동네를, 때로는 꽤나 멀리까지 걸어가기도 했지만, 그럴 땐 돈을 쓰고 싶은 일들이 너무 많이 보였다. 음반도 사고 싶었고, 책도, 영화도, 과일도, 특히나 스물여섯은 고기 굽는 연기를 참기 힘든 나이였다. 그래도 라디오에서 좋아하는 밴드의 새 노래를 듣게 되면 생활 의지를 훌훌 털어내고 음반 가게에 들어갔다. 90년대에도 음반 가게에서 흘려보낸 시간이 꽤나 길었지만, 2000년 초반은 마치 그 10년 소비 정도는 아무것도 아니었다는 듯 더욱 야심 찬 물결로 내 지갑 안을 흠뻑 위협했다.

2002년. 오아시스와 라디오헤드가 광활했던 음악 여정에서 한 발 내려와 잠잠히 다음 단계를 준비하는 동안 콜드플레이가 'In my place'가 들어 있는 음반을 발표했다. 한낮 라디오에선 마룬파이브의 'This love'가 수도 없이 흘러나왔다. 제왕 같았던 TLC의 멤버들이 잇따라 사망하며 활동이 중단되었고, 지난 10년 맨 윗자리를 차지하던 휘트니 휴스턴과 머라이어 캐리도 소식이 끊겼다. 미국 어디에선가 무엇이든 하고 있었겠지만, 그들이 무얼 했어도 사실 그해에는 큰 관심을 끌지 못했을 것이다. 데스티니스 차일드의 비욘세가 'Crazy in love'로 솔로 활동을 시작했다. 그녀는 이전 세대와 달랐다. 외모도 달랐고, 생각도 달랐다. 듣고 따라 부르는 가수가 아니라 보고 듣고 메시지와 영감을 받는, 마이클 잭슨을 잇는 '팝의 황제'였다.

2003년 한 해 동안 내가 가장 많은 들은 음악은 'In my place'였다. 'In my place, In my place' 작은 방안, 누군가가 도망치듯 떠나간 사무실 책상에 앉아 'I was lost, I was lost' 어쩐지 완전히 길을 잃은 듯 불안했지만, 'How long must you wait for it, how long must pay for it' 세계와 단절되었다는 고립감을 떨치지 못해 전화할 곳을 찾아 하염없이 전화 목록을 위아래로 왕복했다. 세계의 문을 지나 10년을 걸어왔지만 내가 할 수 있는 일이 무엇인지, 어떻게 하면 행복해질지 알지 못했다. 책상 위에 한 장 한 장 너저분하게 CD가 쌓여 갔다. 지하철역 상가에서 10만 원을 주고 산 소니 CD 플레이어는 내 오감 신경이 살아가는 세계였고, 그곳에서야 나는 겨우 살아갈 '나의 자리', 허공 한 평을 차지했다.

그런 날이 지속되면서 내가 사회의 매우 일반적인 구성원이 될 수 없을 거라 확신해 갔다. 절망이었다. 나는 볼륨을 높인 이어폰을 끼고 뚱뚱한 마담들이 문 앞에 의자를 내놓고 지나는 사람들의 손목을 휘어 채는 어둡고, 붉고, 욕구가 득실대는 세상을 배회하다 돌아와 작은 침대에 누웠다. 저 늙은 여인들의 풍성한 살점이나 눈으로 탐하는 늙은 물질로 흐물거리다 목숨을 다하면 어쩌지, 뒤척뒤척, 고개를 젓고, 느닷없이 아무 책이나 펼쳐 놓고 불안, 초조를 외면하려 했다. 그도 나도 '길 위에서' 지나온 길을 생각했지만, 나는 끝내 그가 걸어간 길 위에 서지 못할 거라고, 저 아래 전철에 실린 사람들이 걸어가는 길에서마저 완전히 벗어나 버리고 말았다고, 책망과 불만으로 나를 몰아세웠다. 날마다 라디오 전파 〈고스트 스테이션〉에선 재즈카페에서 걸어 나온 그가 어디로 가고 있는가, 얼마만큼 갔는가, 어떻게 가려 하는가, 이야기하고 이야기를 들어 주었으나 나는 차츰 그의 파동이 머무는 재즈카페, 껍질 밖 세계에서 멀어져 갔다. 나는 그의 목소리를 소거했다. 아무것도 보이지 않았고 아무것도 들리지 않았다. 내가 원하는 정보, 음악, 영화, 뉴스 따위는 전부

내 껍데기를 가리기 위한 백색 소음이었다. 그는 '우리가 만든 세상'의 이면, 감춰진 면을 들추어내고, 쪼개고 분석하여 사람들이 이해할 수 있는 언어로 재조합했다. 그의 말은 내가 머무는 세계 도처에 스며 있었다. 껍질을 깨고, 거기서 걸어 나오라. 그러나 "내일로 가는 문을 찾아 헤매다 지쳐 잠들어 다시 눈뜨면 변한 게 없는 오늘 오늘 다시 오늘" 그가 노래한다. 괜찮아, 누구도 비웃지 않아. 누구도 내일 일을 알 수 없어. 혼자 모든 걸 짊어지려 하지 마. 가끔 나한테 기대. 난 무겁지 않아. 나는 그의 노래가 아니라 소음이 필요했다. 내가 나를 증오하려면, 나를 향한 증오를 나 자신에게 노골적으로 토로하려면, 이제 마음속 '히어로' 같은 건 지워버려야 했다. 끊임없이 내 귀와 입을 틀어막는 소음이 있어야 했다.

게임의 법칙

2003년은 내가 무얼 하든 안 하든 상관없이 급박하게 변해 가는 흐름에 실려 갈 수밖에 없던 해였다. 그런 면에서 약간은 들떠 있던 것 같기도 하다.

그해 새로운 정부를 뽑는 선거가 있었고, 나는 온갖 유령들이 배회하는 인터넷 카페에 앉아 내가 올라타야 할 열차 시간표를 바라보았다. 20대에서 40대에 이르는 사람들은 저마다 이유로 새로 들어설 정부에 특별한 감정을 갖고 있었다. 새로운 대통령의 개인사를 자기와 연관 지어 생각하는 사람들도 있었고, 바른길을 살아 온 사람의 바른 귀결로 여기고 자신의 앞날을 긍정적으로 그려보는 이들도 있었다. 나는 그때껏 내 목숨을 역사 행위와 접붙여 생각해 본 적 없었다. 왜 이런 일에 저토록 격정을 쏟을 수 있는지, 서로 눈을 가려주어 자기들 내면은 외면하고 오로지 정치라는 도파민에 취해 있는 건 아닌지, 새로운 무리 유형을 보고 있다고 생각했다.

새 정부를 지지하지 않는 사람들에게도 같은 강도의 변화가 생겼다. 커다란 공포가 그들을 짓눌렀고, 자신들이 누려온 정당하지 못한 지위가 낱낱이 드러나 온 생애가 비루하게 되지나 않을까 위기감에 휩싸였다. 어쨌거나 공포의 근원이나 지지자들의 기대나 뿌리가 같으니 그 둘은 분명 같은 유형의 무리였다. 그래서였을까? 공포에 떠는 자들이 내뱉는 말들을 사회 변화의 긍정적 신호로 해석하던 자신감은 오히려 그 정부를 끝장내기 위한 갖은 술수들을 쉽게 보거나 무시해 버리고 말았다. 경제 불황의 늪, 부동산 폭등, 부동산 폭락, 세금 폭탄, 망했다, 자영업자들 다 문 닫고 있다, 이게 다 대통령 때문이다, 무능뿐인가, 도덕성마저 역대 최악이다. 역대 최악을 갱신하는 무수한 사례들. 구체적인 숫자를 확인해 주지 않는다는 게 신문 기사가 가진 최고의 힘, 유일한 힘이었다. 대통령은 신문과의 싸움에서 졌다. 새 정부에 투사되었던 사사로운 감정들은 재빨리 거둬들여졌다. 가장 재빨랐던 건 선거기간 동안 새 정부 편에 섰던 신문들이었다. 그들은 의제를 주도하고 싶어 했고, 오로지 그들의 활자를 통해 나온 말만 정론이라고, 정말로 그렇게 믿는 것 같았다. 지난 시절 앞잡이 역할을 하던 신문들이 누렸던 지위로 올라가고 싶어 하는 욕망이 글자마다 그대로 드러났다. 물론 그로써 부각된 것은 광고주의 지위이지 신문사나 기자의 지위가 아니었다.

새 정부 대통령은 선거에서 승리했으나 처음부터 정치적 승리자가 될 수 없는 운명 같았다. 그는 정치인이면서 항상 정치판 전체와 싸우는 자리에 있었다. 위태했고, 끝내 정치라 불리는 공동 생태 무리와 싸워 이길 수는 없는, 어정쩡한 위치.

'객체는 어정쩡하다.'

정치는 전적으로 무리 짓기 게임이었다. 겉보기와 달리 분열된 이념 집단이 아니라 하나의 게임장이었다. 커다란 운동장에서 금을 긋고 O/X 퀴즈를 한다. O와 X 사이는 그때그때 판단에 따라, 이익에 따라, 보통은 대세에 따라 넘나든다. 뒤섞이든 대립하든 그건 고정된 형세가 아니었다. 규칙도 형식도 그때그때 변하는 게임이었다. 그런데 대통령이라는 단 한 사람이 게임도 규칙도 전부 엉망이라고 호루라기를 불어 버렸다. 게임에 참가한 사람들, 관전하던 사람들 모두가 게임을 멈춘 심판을 어리둥절하게 바라보았다. 심판이 말했다. '너희가 하는 게임은 O/X 퀴즈가 아니라 축구고, 축구는 편을 나눠서 하는 거야. 그리고 일부러 공에 손을 대면 퇴장이야.' 경기장 안에 있던 사람들은 그가 무슨 말을 하는지 어느 정도 짐작하고 있었지만, 관중들은 자신들이 여태껏 지켜봐 온 게임이 O/X가 퀴즈가 아니라 축구라는 사실을 그때 처음 듣게 되었다. '아니, 그럴 리가 없어. 내가 퀴즈와 축구도 구분 못 하는 사람으로 보여?' 신념의 근거는 오로지 신념이었다. 생각하던 대로 생각하겠다는 억지가 사실을 이겼다. 일제히 야유가 쏟아졌다.

"당신이 게임을 망쳤어. 이게 다 당신 때문이야."

　그가 대통령이 되기 10년 전인 1993년. 군사정권이 끝나고 문민정부가 정권을 잡았다. 군인이 아니라는 뜻을 강조하려고 문민이란 말을 내세우긴 했지만 사실 그때의 대통령은 그 자리를 얻기 위해 친일 군부 세력과 결탁했다. 그 대가로 받은 여당 대통령 후보 자리였다. 내가 대학 입학하고 얼마 동안은 그가 풀어 놓은 전경들이 대학 정문에 서서 학생증 검사를 했다. 학생증을 안 가지고 와서 수업에 못 들어갈 때도 있었고, 창문에 철조망을 달아 놓은 차를 타고 경찰서로 이송되어 세 끼 보리밥 식사를 한 적도 있었다. 그게 민주화 투사가 벌여 놓은 내 20대 초반 풍경이었다.

　2003년의 대통령은 1988년 그 문민 정치가가 발탁했다. 그러나 그는 문민 세력과 갈라져 군부와 야합하는 일에 반대했다. 그는 변절자들이 정치인으로 성공하면 한국 정치계에 기회주의를 고착시킬 것이라 우려했다. 변절자들은 무리 표면을 문민이란 캡슐로 매끄럽게 감쌌다. 결여된 정당성을 만회하기 위해 민주적 기반을 확대할지도 모른다는 예상은 그저 문민의 수사일 뿐, 자신들의 지지층 기저에 철저하게 군사주의와 지역주의를 깔아 놓았다. 관중석만 지정석인 완전한 O/X 게임판이 그때 완성되었다. 출세를 위해서라면 대척에 있던 자들과도 손을 잡을 수 있다, 처세를 비난해서는 안 된다, 성공만 한다면 과정에서 빚어진 죄는 모두 잊힐 수 있다. 이것이 문민 무리가 세상에 심어 놓은 보편 정서였다. 진보-보수-진보, 정당을 넘나들어도 응원 관중은 그 자리에 붙박여 있었고, 그럴수록 세상에 정치만 한 사업은 없게 되었다. 사람들은 돈과 권력이 있는 사람들에게 더 쉽게 감정 이입했다. 정치인은 사회의 어른이며, 재벌은 존경받는 인격자이며, 이들 모두 '보통' 사람들 위에 군림한다. 그래서 이들이 일으키는 온갖 범죄는 국가 안보와 정치, 경제를 위해 죄를 물어서는 안 된다는 인식이 정당하게 자리 잡아 갔다. 그 야합에 반대하며 정치 놀이판에서 떨궈져 나갔다고 확신했던 사람이 놀이판 밖에서 최고의 득표수를 얻어 대통령이 되었으니, 눈치 게임을 벌이던 사람들은 당연히 한목소리가 되어 공격했다. 그는 무능하다, 거짓말쟁이, 위

선자다, 모두 거지가 될 것이다, 하지만 그를 봐라, 저기 궁궐 같은 집에 살며 고급 시계를 텃밭 작물 키우듯 하고 있지 않나.

　예수는 성공적인 종교 지도자가 되려고 종교 내부에서 권력 다툼을 벌이던 사람이 아니라 장외에서 종교 자체와 사투를 벌인 사람이다. 배신한 군중이 그를 살해한다는 결말. 그런데 200년이 지나자 그의 이름을 딴 종교가 만들어졌다. 한 번도 종교계 안에 발을 들인 적 없는 사람이 종교 집단이 맹신하는 규칙들이 되었다. 살아 있었다면 영광이 아니라 모욕으로 여겼을 것이다. 대통령에서 내려온 그는 죽음과 동시에 한국 정치와 정치인을 표상하는 인물로 추대되었다. 그의 이름을 딴 정신은 민주주의의 다른 말이었고, 그를 견제하던 사람들마저 그 정신을 계승한다는 문구로 선거 포스터를 치장했다. 세상 전부가 유다였다. 모두가 실제 벌어진 일이다. 그래, 정말 있었던 일이야, 하고 고백해도 천국은 절대 그들 것이 될 수 없다.

30년의 고리

그를 지지하던 세력이 급격히 빠져나간 건 사실 돈이나 자리싸움 때문이었지만, 그를 마음으로 응원하던 사람들마저 과연 그를 계속 지지해도 될지 의심하게 만든 사건이 벌어지기도 했다. 국내 문제가 아니었다. 돌이킬 수 없는 실망은 사막 먼지바람을 타고 왔다.

시작은 1991년. 내가 태어나 목격한 첫 번째 전쟁, 걸프전. 1990년 8월 2일 사담 후세인이 지배하는 이라크가 쿠웨이트를 점령했다. 표면적으로 드러난 이유는 이란과 8년간 전쟁을 치르는 동안 쿠웨이트가 이라크 몰래 국경 지역에다 유전을 개발했다는 배신, 괘씸죄. 전쟁으로 재정이 바닥났던 후세인에게 쿠웨이트 유전은 매우 적절한 타개책으로 보였다.

이라크가 단 며칠 만에 무력으로 쿠웨이트를 제압할 수 있었던 힘은 알라가 아니라 당시 막 대통령에 당선된 '아버지 부시'에게서 왔다. 이란-이라크 전쟁 당시 부통령이던 부시는 이라크에 대규모 투자를 하고 있었고, 따라서 이라크가 전쟁에 져서는 안 됐다. 그는 이라크에 생화학 무기를 제공하고, 첩보 위성에 잡힌 이란 군사시설 위치를 알려주었다. 1985년에서 1989년 사이 60여 차례 생화학 무기가 이라크에 전달되었고, 2001년 9/11 사건 이후 미국인들을 공포로 조장하던 탄저균도 그때 전달된 패키지 선물이었다. 전쟁 동안 부시가 이라크에 안긴 돈은 약 500억 달러. 1984년 이란에 가한 화학무기 공격, 1988년 쿠르드족 마을 가스 공격, 이것들 전부 미국이 지원한 무기였고, 이 무기를 실어 나른 것도 미군 헬기였다.

부시는 쿠웨이트를 해방시키고 사담을 응징하는 것이 악에 맞서는 도덕적 임무라고 선언했다. 스마트탄을 이용해 정확하게 표적만 공격하고 민간인 피해는 없는 '클린 워 clean war'를 약속했지만, 상하수도, 전기, 전화, 방송, 도로 같은 생활 기반 시설이 파괴됐다. 미국의 주장에 따르면 이 것들은 유사시 이라크인들이 군사적 목적으로 사용할 수 있는 준 군사시설들이었다.

전쟁이 종결되자 미국은 유엔을 경유해 이라크에 경제 제재 조처를 내렸다. 석유는 식량하고만 교환할 수 있었고, 석유 판매가의 30%는 유엔이 관리했다. 경제 제재의 목표는 이라크 대통령 궁이 아니라 민간인이었다. 전쟁 5년 만에 50만이 넘는 이라크 아이들이 죽었다. 미국 최초 여성 국무장관 매들린 올브라이트는 이 숫자를 순순히 인정하며 말했다.

'그럴 만한 가치가 있는 일이었어.'

산업 기반 시설은 전부 파괴되었고, 먹을 물은 전부 오염되었다. 사람들이 각종 질병에 시달렸지만 의약품은 전달되지 않았다. 폭격이 멈춘 것도 아니었다.

부시를 텍사스 골프장으로 보내버리며 1993년 정권을 잡은 빌 클린턴은 취임하고 얼마 안 돼 이라크 정보기관에 크루즈 미사일을 퍼부었다. 1996년에는 이라크 국경 쿠르드족을 보호한다며 이틀간 미사일을 퍼부었다. 정작 같은 기간 터키군이 쿠르드족을 학살하는 것은 막지 않았다. 1998년 바스라시 폭격에서는 1,000기 이상의 미사일을 쏟아부었다. 1991년의 첫 폭격 이래 90만 발이 넘는 열화우라늄탄이 사용되었다. 원자력 발전을 하고 남는 우라늄 찌꺼기로 만든 열화우라늄탄은 속도가 빠르고 흡착력이 강해 주로 전차나 탱크를 뚫는 데 사용되며, 폭발이 발생하면 주변에 있는 것들을 모두 불태운다. 부수 효과로 방사능, 방사능 먼지가 있다. 하지만 미국 언론은 단 한 번도 민간인 학살을 공식적으로 인정하지 않았다. 중동 언론에서 발표하는 민간인 사상자 뉴스를 반박하며 그것은 후세인 측에서 자신이 저지른 범죄를 미국에 덧씌우기 위해 퍼트린 선전이라 주장했다. 한국인들이 성경처럼 떠받드는 뉴욕타임스가 대표적인 신문사였다.

경제 제재로 전의는커녕 삶의 의지마저 모두 놓아버린

나라를 2003년 아들 부시가 다시 눈독 들인다. 2001년 9월 11일 세계무역센터 폭파 사건에 대한 보복으로 아프간 폭격을 마치자 사람들은 부시가 종전 선언, 평화 선언을 할 거라 기대했다. 백악관 시나리오 작가가 그 유명한 '악의 축' 대사를 작성하고 있었다는 것을 누구도 눈치채지 못했다. 알카에다 같은 테러 조직은 악의 축을 맡고 있는 국가들의 지원을 받고 있다. 테러 조직을 박멸하려면 테러 지원 국가부터 무너뜨려야 한다. 자, 그러면 모두가 기다리고 바라던 '악의 축' 명단 발표. 이란, 이라크, 북한, 금, 은, 동.

9/11 실행 조직원 19명 중 15명이 사우디아라비아 국적이었다. 알카에다의 수장 오사마 빈 라덴 역시 사우디 사람이었다. 그래도 사우디는 악의 축 명단에서 제외되었다. 빈 라덴 가문과 부시 가문의 사업 합작은 이전부터 유명한 이야기였지만, 북한 김씨 일가와 중동 테러 조직의 연계는 누구도 예상 못 한 전개였다.

물론 부시는 그것만으로 전쟁을 할 사람이 아니었다. 골프와 석유가 유전자에 새겨진 그는 골프 카트에 앉아 이라크가 석유 매장량 세계 2위이고 채굴 수익성이 가장 높은 국가라는 사실에 가슴 설레고 있었다. 이라크 어린이, 여성들이 당하고 있는 참혹한 인권침해를 묵과할 수 없다며 눈시울을 붉힌 건 사실 부시가 석유 가격 책정 때문에 분노해 충혈되어 있었기 때문이었다. 부시는 대통령이 되기 전 말아먹은 정유 회사 계좌 자릿수를 배로 늘린다는 시나리오에 따라 스스로 석유 가격을 매기러 이라크로 떠났고, 바코드를 붙이고 나자 곧 마음의 평온을 되찾았다.

미국에서도 민간인 희생을 우려해 또 전쟁을 해서는 안 된다는 여론이 높았다. 불리한 여론을 뒤집을 카드는 대량살상 무기였다. 이라크가 가진 생화학무기가 테러리스트의 손에 들어갈 위험이 있다, 더 큰 재앙을 막으려면 전쟁에 뛰어드는 수밖에 없다.

'사담 후세인이 대량살상 무기를 가지고 있다는 것은 의심의 여지가 없다. 전쟁의 목적은 이라크에 민주 정부를 세우는 것이다.'

2003년 3월 20일 새벽, 페르시아만 미군함에서 크루즈 미사일이 발사되었다. 목적지는 이라크 수도 바그다드. 작전명 '충격과 공포Shock and Awe.' 모래 폭풍이 잦아든 3월 말

미군은 공세를 높였고, 4월 3일 공중폭격으로 바그다드 공항을 장악한 뒤 4월 8일 해병대를 투입해 후세인이 버리고 도망간 대통령 궁을 접수했다. 이라크군은 폭격이 시작되자마자 흩어졌다. 바그다드시 경찰들도 모두 종적을 감췄다. 치안이 비게 되자 생필품, 구호품 약탈, 방화와 보복으로 시내가 곧장 난장판이 되었지만, 미군은 점령 이후 상황을 전혀 준비하지 않았다. 그들이 준비해 온 전략은 오직 유전 확보, 작전명 오일과 머니.

전쟁 개시 뒤 45분이면 사용될 거라던 대량살상 무기는 46분이 지나서도, 후세인의 두 아들이 총격전에서 사망한 7월 22일에도, 12월 후세인 자신이 체포되던 날에도 잠자코 있었다.

전쟁이 끝나자 이라크 재건 사업 주체로 부통령 딕 체니가 CEO로 있던 핼리버튼이 선정되었다. 이라크의 석유 매장량은 전 세계 매장량 10%로 파악되었고, 미국은 이라크를 완벽하게 통제했다. 2003년 9월 부시는 이라크 재건에 힘을 보태 달라며 한국에 파병을 요청했다. 2004년 2월 23일 평화 유지와 재건 임무를 띠고 자이툰 부대가 창설되었다. 보수정당에서는 처음 1만 전투병을 주장했다. 진보 측 정당에서 3천을 깎은 7천 전투병을 제시했다. 타협안은 이상하게도 1만에서 7천을 뺀 3천, 비전투 요원이었다. 전투 부대가 아니었으나 침략군을 지원하는 임무는 부정할 수 없었다. 반미 좀 하면 어떠냐고 하던 대통령이 남북 평화협정을 바라보던 상황에서 파병을 결정하게 된 것이다. 파병을 지지하던 군부 세력들은 대통령의 결단에 환영을 보내야 했으나 비웃음만 지을 뿐이었다. 그에게 굴욕을 주었다고 의기양양했다. 파병을 반대하던 그의 지지 세력은 대통령이 신념을 저버렸다며 낙담하고 돌아섰다. 그것만 봐도 사실 파병 자체는 문제가 아니었다. 그건 오른발을 떼도 터지고 왼발을 떼도 터지는 부비트랩이었다. 오직 대통령 한 사람을 겨냥한. 미국이 이라크를 농락한 게 그때가 시작도, 끝도 아니었음에도 마치 한국의 파병 자체가 인류애와 평화공존을 깨뜨린 파렴치한 일인 듯 굴었다. 그들은 그저 정치적, 사회적 의견, 지식을 독점하길 원하는 사람들 같았다. 기나긴 중동 전쟁의 역사가 그의 파병 선택 하나로 새 국면을 맞을 일도 없고, 지역이 중동이었을 뿐이지 중국, 러시아를 견제하기 위한 미국 군사전략은 계속해서 한국을 압박했지만 그것이 대통령 지지율에 영향을 미친 건 그때가 유일했다. 심지어 인터넷 커뮤니티들에서는 영국 프린스의 참전이 노블레스 인류애를 보여주었다며 열의에 차 사진을 공유했다.

일본과 한국을 군사 동맹으로 묶으려는 반역사적 협정마저 평화 전략으로 보려 하던 사람들이 그때는 왜 그런 통큰 대의를 보여주지 못했던 걸까. 그가 시작하지도 않았고, 끝낼 수도 없었던 전쟁으로 그는 전범이 되었다.

부시 집안이 벌이는 그 오랜 기름 대소동에 왜 텍사스 카우보이도 아닌 한국 유림들이 "A-yo, Put your hand up!"을 했는지 나성의 신문지들도 이해하지 못했다. 이해하건 말건 전쟁과 파병은 'Jejus loves USA'를 가슴에 새긴 사람들에게 분명한 이득을 남겼고, 이익분배에 동참할 수 없는 사람들에게는 테러가 내 일상 가까이 있다는 경계심을 갖게 했다. 내가 사는 곳은 미군 부대와 담장을 맞대고 사는 기지촌 마을. 언제 뭐가 날아올지, 뭐가 배달될지, 스포츠 서울 대신 탄저균 봉투가 배달될지. 나를 에워싼 환경은 누가 선인지 누가 악인지 구분하지 못한 채 '우리도?' 덩달아 위기감

을 느꼈다. 전쟁 반대라는 신념은 나에게도 있었다. 탄저균
으로 생을 마치고 싶지는 않았다. 열화우라늄탄에 터미네이
터처럼 발목부터 서서히 녹아 사라지고 싶지도 않았다. 속
편 없는 삶에 '다시 돌아온다'는 대사가 무슨 소용인가. 파병
은 정치, 평화, 도덕과 전혀 상관없었다. 볓, 지진, 태풍, 전
염병, 교통사고같이 느닷없는, '나의 조국'도 아니면서 타고
난 조건처럼 내 주위를 맴도는 사건이었다.

2003년의 당구장

2003년 봄비 무렵부터 가을 초입까지 나는 하루 열네 시간을 당구장에서 보냈다. 친구의 당구장이었다. 그는 20대 초반 이른 나이에 무엇이든 해 보려다 나이에 어울리지 않은 빚을 지게 되었고, 그 빚을 갚으려고 다시 빚을 내 당구장을 인수했다가 더 큰 빚을 지게 되었다. 2003년은 담배를 피우고 싶은 10대도, 1차 술자리를 끝내고 어디로 갈까 갈팡질팡하던 20대도 스타크래프트나 포트리스 같은 게임을 하러 PC방으로 몰려가던 시절이었다. 그도 아니면 세이클럽에서 오늘의 친구를 찾거나 싸이월드에서 아바타를 꾸미거나. 세월이 그런 걸 어쩌겠어, 그는 당구장이 팔리기까지 열쇠를 맡아 달라 했다. 그가 빚을 갚을 다른 일거리를 찾아 떠난 동안 나는 매일 아침 당구장 문을 열고 앉아 당구를 치든 당구장을 인수하든 누군가 오기를 기다렸다. 이 사람이건 저 사람이건, 사람이 찾아오는 날은 드물었다.

　건물과 건물 사이에 달아 놓은 파란 철문을 열면 녹색 방수 페인트로 칠한 시멘트 계단이 누구라도 위협을 느낄 기울기로 2층으로 치솟고, 계단 끝에는 합판으로 만든 허술하기 짝이 없는 문이 달려 있었다. ※, 당, 구, 장, 하고 아크릴 간판이 붙어 있는 레몬색 나무문을 열면 두 줄로 직사각형을 만들고 있는 당구대 네 개가 한눈에 보였다. 문 맞은편 벽 앞에는 기다란 소파가 놓여 있고, 소파 왼편엔 철제 책상이, 책상 위에는 20인치 브라운관 TV와 스포츠신문, 매상 장부가 몇 걸음 뒤에서 던져 놓은 듯 대강 널브러져 있었다. 누구도 작성해 본 적 없는 매상 장부 안에는 중간중간 손재주가 형편없는 사람들이 그려 놓은 자화상이나 당구를 치고 있는 인간 비슷한 형체가 있어 나를 민망하게 만들었고, 포커를 치던 사람들이 누가 누구에게 얼마를 줘야 한다는 계산을 군데군데 적어 놓았다.

3인용 기다란 소파의 옅은 갈색 가죽에는 고양이가 낸 듯한 스크래치가 여기저기 도드라져 보였다. 나무 팔걸이는 매우 중후하고 화려한 곡선으로 조각되어 있었다. 아마도 고양이를 기르는 부잣집에서 쓰다 버린 소파가 아닐까 싶었다. 팔걸이의 유려한 골격은 목베개로 좋아 TV를 돌려놓고 매일 저녁 소파에 누워 야구나 영화 채널을 보았다.

시멘트벽은 얄팍했고 텍사스 토네이도에 휩쓸린 듯 입구 방향으로 살짝 찌그러져 있었다. 그 때문에 그렇지 않아도 심하게 부식된 창호들이 아귀가 잘 맞질 않았다. 냉방을 방해하는 가장 큰 요인은 실외기와 일체형으로 붙어 있는 오래된 에어컨의 안쓰러운 폐활량이었지만, 난방을 방해하는 요소는 바로 찰싹 들러붙지 않는 창문들이었다. 작정하고 내는 소음이 무색하게 뜨끈한 바람만 내뿜는 에어컨을 한심스럽게 바라보며 미지근한 선풍기 바람을 껴안고 여름을 나고 나면 곧바로 두 다리 정도만 겨우 난방이라 부를 공간에 포함시켜 주는 난로 앞에 앉아 몸을 뒤집거나 구부려 가장 차가운 부위를 덥히는 찬 계절이었다.

동네 전체가 한국전쟁이 끝나고 얼마 안 돼 미군들을 상대로 장사를 하려고 되는 대로 후려 놓은 건물들이었다. 장사가 잘됐는지 어땠는지 반세기 가까이 그 모습 그대로 버텨 왔지만, 이후 반세기를 더 살아남는대도 문화유산이 될 거라는 기대를 해서는 안 될 건물들이었다.

동네 주변엔 잭슨, 스탠리, 카일, 라 과디아, 레드 클라우드라는 간판을 단 미군 전용 동네들이 높은 담장 안에 아늑하게 들어앉아 있었다. 담장 밖 사람들이 사는 동네는 이름부터가 1동, 2동, 3동, 성의 없는 일련번호였다. 담장 안 사람들은 담장 밖 세상을 자유롭게 넘나들었지만, 담장 밖 사람들은 100미터 거리도 열 배, 스무 배 에둘러 다녀야 했다. 도시 사람들이 담장 밖에 갇혀 살아가는 꼴이었다.

너절한 건물들이지만, 그 안에선 일찍부터 선진국형 소매상들이 영업을 하고 있었다. 커다란 창가 앞에 철판을 놓고 양파와 소고기 패티를 굽는 수제 햄버거 가게, 시나몬 향이 나는 도넛 가게, 내국인 출입금지 푯말이 붙은 술집 입구에는 버드와이저 병 모양 빨간 네온사인이 반짝였다. 주 고객은 말보로 담배를 피우는 미군 병사들이었다. 누구 아줌

마네 몇째 딸쯤 되는 여성들만이 그 안을 드나들 수 있는 한국인이었다. 그들 중 몇은 흑인 병사와 결혼해 미국으로 이민을 갔거나, 이혼을 하고 돌아와 혼자 살고 있거나, 영어를 못하는 미국 아이를 키웠다. 그런 소문이나 광경을 별스럽다 이야기하는 사람은 없었다. 마찬가지로 방안에 앉아서 헬기가 뜨고 내리는 소리를 듣고, 알람 대신 구보하는 미군들 고함 소리에 잠을 깼어도, 시도 때도 없이 사이렌이 울리고, 횡단보도 앞에 서서 장갑차와 무장한 군인들 행렬이 지나가길 한참이나 기다려야 했어도, 다들 그저 그런 평범에 묻힌 고요한 동네라 생각하고 살았다. 동네와 동네 삶을 이어주는 버스 노선조차 1번, 2번, 3번, 5번, 성의 없지만 별스럽지 않은 일련번호였다. 4번 버스가 없다는 것마저도 이 나라 사람들과 완전히 보통 인식을 공유하는 도시였다.

미군 클럽 옆에는 앨리스 쿠퍼, 오지 오스본처럼 표지가 괴상한 앨범이나 미국 대통령에 출마해도 당선될 거라고들 하던 브루스 스프링스틴의 앨범 〈Born to Run〉, 〈Born in the U.S.A.〉를 녹음한 카세트테이프를 1,000원에 파는 레코드 가게가 있었다. 꼭 사려고 했던 앨범 한두 개를 고르고 나면 가게 주인이 추천하는 블랙큰 블루, 줄리엣, 고리키 파크, 라디오에서 절대 들을 수 없는 밴드들을 포개어 계산했다. 그들이 과연 유명한 밴드였는지, 정작 미국에서도 인기가 있었는지는 모르겠다. 그래도 내 기억의 선반 위에 본 조비, 건즈 앤 로지즈와 나란히 놓여 있는 음악들이다.

당구를 치러 오는 사람들은 이틀에 한 팀이 될까 말까 했지만, 두 팀이 오는 날은 하루도 없었다. 6개월 동안 내가 가장 많이 한 일은 손으로 공을 굴리며 공이 그리는 예상할 수 없는 궤적을 눈으로 따라가는 일이었다. 당구공이 무한 궤도를 그릴 듯 질주하다 서서히 손 가까이에 멈춰 서면 다시 어느 모서리로 당구공을 밀어 보내고, 그렇게 멍하게 앉아 시간을 보냈다. 당구를 배워 보겠다는 생각은 들지 않았다. 담배, 당구, 소주. 내가 생각해도 나와 가장 잘 어울릴 세 가지 같아 여러 번 가까워지려 시도해 봤지만, 열의도 흥미도 끝끝내 생겨나질 않았다.

오전 열 시. 방사형 오거리 끝 사회주의 국가 공동 주택 같은 회색 건물의 철문을 연다. 문틈으로 쑤셔 넣은 신문이 배달돼 있고, 전기세나 수도세 고지서, 당구장 주인 앞으로 온 신용카드 회사 독촉장이 너저분하게 포개져 있다. 연탄을 때던 건물이라 가스비 고지서는 날아오지 않았다. 신문을 집어 들고 계단을 올라와 발길질 한 번으로 너덜너덜 부서질 나무문에 얌전히 열쇠를 꽂는다. 당구대는 한 치의 변화도 없이 어제 그 자리에 놓여 있다. 망치 두 자루면 한나절에 건물 벽을 모두 허물고 짜장면을 시켜 먹을 수 있는 건물이지만 당구대만은 단 1cm도 움직이지 않겠다는 듯 완고하고 씩씩하게 바닥을 짓누르고 있다. 나는 그 고집스러운 표정에 치를 떨며 망치를 가지런히 내려놓고 뭐 어쩔 수 없지 하는 마음으로 담장을 다시 쌓고 당구장 청소를 시작한다.

　부식된 은색 창이 창틀에서 벗어나 길바닥으로 떨어지지 않게 조심스레 들어 올려 옆 창문에 기대 놓고, 빗자루로 바닥을 쓸고 대걸레를 문지른다. 손님이 다녀간 하루 평균한 당구대를 라사지 천으로 박박 문질러 닦은 뒤, 흰 공 두 개, 빨간 공 두 개에 윤을 낸다. 재즈카페에서 하얀 셔츠를 입은 사람이 와인 잔을 닦으며 할 듯한 행동을 당구장에서 해 본다. 창가에 서서 공을 빛에 굴려보고, 빛이 맺힌 숫자와 지문을 확인하고, 다시 공을 닦는다. 이 근사한 일은 하루 네 개가 한계이므로 되도록 천천히, 완전무결한 반사체가 될 때까지 문지르고 또 문지른다.

당구공을 정리하고 나면 냉장고 안에 항상 두 개씩 채워 두는 암바사 페트병을 꺼내 종이컵 가득 따르고서 소파에 앉아 스포츠 신문을 펼친다. 시작은 오늘의 운세. 총운, 금전운, 연애운. 금전도 만날 인연도 오늘 하루 어떤 일이 생길지 거의 정확하게 알고 있지만 날씨라든가, 때에 따라 들쭉날쭉한 집중력, 어깨 결림, 숙취 세기 같은 것들이 오늘의 운세와 묘하게 잘 들어맞는다. 다시 암바사를 한 잔 따르고 야구 기사를 천천히 읽어 나간다.

해마다 그렇듯 2003년 시즌 기사도 어느 팀이 우승할 것인가로 시작했지만 시즌 중반을 지나자 삼성라이온즈 이승엽 선수가 과연 대만 출신 왕정치 선수가 1964년 세운 55 홈런을 넘어 아시아 홈런 신기록을 세울 수 있을지에 온통 초점이 몰려 있었다. 기록에 임박해서는 홈런볼을 잡기 위한 잠자리채가 외야 관중의 필수품이 되었다. 피날레는 단연 이승엽 선수가 아시아 신기록, 56호 홈런을 친 10월 2일 삼성라이온즈의 정규 리그 마지막 경기였다. 그래서 그해 한국시리즈 우승팀이 삼성라이온즈라 생각하는 사람들이 많지만, 우승팀은 현대 유니콘스였다. 일본프로야구 요미우리 자이언츠에서 2년간 방황만 하고 돌아온 정민태 투수가 시즌 17승에 이어 한국시리즈에서 3승을 올렸지만, 시즌이 끝나고도 신문 기사는 56호 홈런에 쏠려 있었다. 이 해 스포츠 기사에서 가장 아쉬운 점은 박찬호 선수의 소식이 완전히 사라졌다는 것이었다. PSV 에인트호번의 박지성 선수가 경기에 나설 때마다 팬들의 야유를 받는다는 기사는 휑한 당구장처럼 내 마음을 쓸쓸하게 했다. 해외에서는 전반적으로 안타까운 소식만 전해오던 스포츠계였다. 그래서였을까, 12월 7일 동아시안컵 축구 대회 중국전에서 이을용 선수가 중국 선수의 뒤통수를 갈긴 '을용타' 사건은 마음 한편에 통렬한 숨구멍을 틔워 주었다.

연예 분야에는 내가 당구장 생활을 시작하고 얼마 안 돼 홍콩 배우 장국영이 자살한 사건만큼 강렬한 기사는 다시 나오지 않았다. 영화 〈클래식〉에 삽입된 자전거 탄 풍경의 '너에게 난, 나에게 넌'과 김형중의 '그랬나봐'가 어딜 가든 안 가든 하루에 몇 번씩 들려왔어도, 그 가수에 관한 기사는 기억나지 않는다. 짧은 머리 가득 무스를 바른 사진을 본 것 같기도 하지만. 가장 많은 기사는 드라마 한류였다. 2002년 〈겨울연가〉가 일본 중년 여성층에 엄청난 인기몰이를 하며 드라마 촬영지 남이섬에 관광객이 급증했다는 이야기, 2003년 1월 15일부터 4월 3일까지 방영된 〈올인〉 촬영지 제주도와 9월 15일부터 방영된 〈대장금〉 촬영지 양주시 테마파크도 아시아의 떠오르는 관광지가 되었다는 이야기. 30만에서 60만에 이르는 관광객이 찾아왔다고 했다.

그러나 2003년은 음악의 해도, 드라마의 해도 아니었다. 4월 25일 〈살인의 추억〉, 6월 13일 〈장화, 홍련〉, 11월 21일 〈올드보이〉가 차례로 개봉한 거짓말 같은 영화의 나날이었고, 앞으로 20년간 봉준호-송강호, 김지운-송강호, 박찬욱-송강호 조합으로 누가누가 더 잘 만드나 경연이 벌어질 서막이었다. 〈반지의 제왕〉 시리즈 3년 여정이 대단원을 맞았고, 〈매트릭스〉 세계도 종말을 맞았다. 대신에 〈캐리비안의 해적〉 시리즈가 첫 출항의 돛을 활짝 폈다. 〈러브 액츄얼리〉를 마주하는 12월의 고독과 오열의 역사도 이 해 시작되었다. 〈도그빌〉, 〈디 아워스〉, 〈8miles〉, 〈밀레니엄 맘보〉도

두고두고 다시 본 영화다. 하지만 영화의 세계는 스포츠신문과는 다소 멀리에 있었다. 그것은 눈앞의 TV와 손안의 신문으로는 가늠할 수 없는 세계, 애써 갈구해야 다가갈 수 있는 세계였다.

스포츠신문을 읽고 나면 정해진 일과가 끝났다. 그래서 되도록 천천히 꼼꼼하게 읽으려고 했지만 스포츠신문 기사라는 게 하나같이 어제를 변주하며 만들어지기에 한 시간을 넘기기 어려웠다. 신문 마지막 장 광고를 보고 나면, 내가 마주해야 할 대상은 누렇게 바랜 시멘트벽과 있으나 마나 한 창문이었다. 그것들이 내게 어떤 돌발적인 일도 일어나지 않도록 감싸 주고 있었고, 익숙하고 지루한 바깥세상에서 내 자취를 고이 감춰 주었다.

당구장 연대기

지방에서 대학을 다니던 그가 필리핀으로 유학을 가게 됐을
때 해외 대학에서 국내 이름 난 대학으로 우회하려는구나,
부모님이 많이 애쓰시네, 그런 생각은 했다. 그래서 그가 필
리핀에서 완전히 돌아왔을 때 학업을 마치지 않은 상태라는
사실이 그다지 의외는 아니었다. 지금껏 해 온 게 아깝다는
생각도 들지 않았다. 외국에서 대학 생활을 누려 본 것만으
로 그 스스로는 할 수 없었을 경험이었다. 그걸로 됐다. 다만
그가 돌아온 직접적인 이유란 걸 공감해 줄 수가 없었다. 그
는 필리핀산 액세서리를 한국에 가져다 팔려고 커다란 컨테

이너 가득 물건을 실어 보냈다고 했다. 컨테이너가 도착할 최장 3개월을 기다리며 군대를 막 제대한 친구들이 대거 몰려 아르바이트를 하고 있는 시장 휴대폰 상점 거리를 빈둥댔다. 나는 그의 부모가 프랜차이즈 아이스크림 가게나 도넛 가게를 하나 차려준다면 그곳에서 그가 가진 능력의 한계치를 경험해 볼 수 있을 거라 생각했다. 그는 꽤나 마음이 넓었고, 화를 내지 않았고, 그에 걸맞게 덩치도 커서 말할 때마다 타고난 아량이 뿜어져 나왔다. 가게에 어떤 성가신 상황이 닥치더라도 침착하고 안전하게 다음 손님을 상대할 수 있었을 것이다.

석 달 뒤 배가 도착했어야 할 시점부터 그는 배나 액세서리에 관해서는 아예 입에 올리지 않았다. 그 참에 어떤 사업도 입에 올리지 않기를 바랐다. 그러나 그는 곧 두 번째 사업에 손을 댔다. 미군 부대에 들어가는 물품을 중간에서 건네받아 싸게 넘기는 일이었다. 중학생이었다면 '삥땅 치기' 정도 되는 일이었겠지만, 성인인 그는 그 사업을 진지하게 중계 무역쯤으로 생각했다. 우리가 사는 도시에선 이게 한때 꽤나 전형적인 직업이었다. 도시 한가운데 자리 잡은 시장이 60년 전 문을 열 수 있었던 계기가 바로 갖가지 '삥땅'에 종사하는 사람들이 득실거렸던 덕이었다. 그 사업이 합법이 된 지 벌써 20년이 넘었고, 말보로를 사러 야시장을 기웃거리는 광경은 그보다도 더 오래전 자취를 감췄다. TV 같은 건 이미 인터넷으로 충분히 싸게 살 수 있었고, 동네 편의점만 가도 어지간한 위스키는 다 팔았다. 이 약점을 다 뒤덮고도 남을 가장 치명적인 약점은 그가 물건을 받을 생각만 했지 팔 곳을 생각하지 못한 것이다. 아무리 인터넷보다 싼값에 물건을 내놓는다 하더라도 미군 부대에서 빼돌린 물건을 대놓고 광고할 수는 없었다. 기대할 수 있는 건 알음알이로 구매자들이 몰려드는 것이었다. 그는 알음알음만 해결한다면 판매 루트를 만들어 낼 수 있을 거라 믿었다. 하지만 그 제약들을 실제로 느껴 보기도 전에 그가 매우 얄팍한 속임수에 걸려들었다는 사실이 드러났다. 물건값을 보내고 또 그 3개월이 지나도록 물건을 받지 못했던 것이다. 이번에도 컨테이너가 문제였다. 돈을 받은 브로커는 검열에 걸려 컨테이너가 묶여 있다는 말만 반복하다 가끔 합의금, 뒷돈이 더 필요하다며 얼마를 더 챙기고선 아예 사라져 버렸다. 어딘가 묶여 있다던 컨테이너가 대체 어디에 묶여 있는지 끝내 모른 채 그의 두 번째 사업도 실패로 끝났다.

　그는 돈을 벌기 위해 또 '중계 무역' 루트 개발에 나섰다. 하지만 그는 역시 아무것도 해서는 안 되는 사람이었다. 그가 사업 자금을 끌어다 쓴 회사는 사채와 추심, 포커 '하우스'같이 대놓고 그늘져 보이는 사업 몇 개를 벌이고 있었다. 내가 머물던 당구장은 소규모 하우스를 위장한 합법적 간판이었다. 낮에는 당구장 영업을 하면서 장소에 드리운 그늘을 지우고, 밤에는 입시학원도 아니면서 소수 정예라고 불리는 사람들이 출석해 포커 하우스를 벌였다. 회사에서 그에게 돈을 빌려주며 당구장을 인수하게 했다. 처음 두 달은 나름 치열한 도박판이 벌어졌다. 내가 누워 지내던 소파와 테이블이 갬블의 메인 무대였고, 파칭코 기계는 한 판 쉬어가는 사람들이 동전을 넣으며 정서 안정을 되찾는 장소였다. 그가 몰랐던 것은 그때가 하우스 끝물이었다는 것이다. 그에게 늘 시한부로 주어지는 석 달이라는 시간이 지난 뒤 하우스는 더 아늑하고 보안이 쉬운 오피스텔로 옮겨갔다. 그러면 착실하게 당구장을 꾸려나가면 어떨까 싶기도 했지만, 아무리 쉬, 쉬 했어도 주변 상가들 사이에서 이미 그곳은 도박장으로 소문이 나 있었다. 이미 경찰도 몇 번 다녀갔다고 했다. 그곳에 모여 있던 사람들도 소수이긴 하나 사실 판돈의 정예는 될 수 없었던 택시 기사, 주유소 직원 같은 소박한 월급쟁이들뿐이었다.

당구장을 내놓았지만 보러 오는 사람이 없었다. 그는 당구장을 내게 맡겨 두고 또 새로운 일을 찾아 떠났다. 이번에는 이 도시를 떠나 제법 먼 곳을 떠돌았다. 한 달에 한 번 당구장에 들를 땐 대구에서 올라왔네, 광주를 다녀왔네 하며 일단 사우나에 가자고만 할 뿐 무얼 하다 왔는지는 말하지 않았다. 내가 목욕을 하는 동안 목욕탕 바닥에 누워 코를 골고 자다가 씻는 둥 마는 둥 하고 나와 대강 물기를 털어내고 당구장 앞 정육점 식당으로 갔다. 그는 고기를 무척 많이 먹었지만, 술은 마시지 않았다. 포커판을 벌이고, 합법적이지 않은 중계 무역을 하고, 사채에 손을 빌리고 있었어도 그는 장로교단 청년회 소속 신실한 기독교인이었다. 돈을 벌기 위한 수단과 그 자신의 성품, 믿음을 자애로운 성격으로 큰 갈등 없이 포용하고 살았다. 그 무렵 시내 휴대폰 매장에서 일하는 네 살 어린 판매원이 그의 아들을 품고 있었다. 그가 하는 일이 이런저런 용도로 휴대폰의 개통과 번호 변경을 자주 해야 하다 보니 새 전화기 기종처럼 자연스레 생겨난 아이였다. 결혼은 하지 않았다. 여자의 직업과 학력, 재산이 그의 부모 마음을 흡족하게 하지 못했던 것 같기도 하고, 언젠가는 아들이 학교로 돌아갈 거라는 기대를 놓지 못하는 것 같기도 했다. 학력이야 똑같이 형편없었다 쳐도 그는 명목상 유학 생활을 잠시 쉬고 있는 학생이었고, 학위와 상관없이 언젠가 커다란 정원이 딸린 집에서 대형견을 기르게 될 하나뿐인 아들이었다. 그는 여자에게 따로 집을 얻어 주었고, 꼬박꼬박 생활비를 보냈다. 띄엄띄엄 당구장을 찾아와 나에게 고기를 사 준 날에는 당구장 냉장고에 내가 마실 맥주를 가득 채워 주고 여자가 일하는 곳으로 갔다.

까만 봉지에 담긴 것들

당구장 건물은 언제부턴가 헬리콥터가 뜨고 내리지 않는 헬리콥터 부대 담장에 등을 걸치고 있었다. 그 담장을 따라 2km 정도를 걸어가면 내가 사는 오피스텔이었다. 헬리콥터 프로펠러가 돌아가는 공터와 담장 하나를 맞대고 나지막한 2층 건물들이 줄지어 있었다. 교회도 있고, 주택도 있고, 장의사도 있고, 순댓국집도 있고, 굉음 가까이에서 잘도 먹고 잤다. 미군이 다른 도시로 떠나고 내국인들만 남게 되자 내국인 출입 금지 푯말을 붙여 놓은 클럽들은 폐허 같은 간판을 오래전 왕국의 유물처럼 남기고 문을 닫았다. 그런 동네에서 책을 팔겠다고 헌책방이 들어왔다. 장사 수완이 뛰어난 사람일 리가 없었다. 헌책방이 문을 열고 한 달 뒤에는 인근 여고 앞에서 테이프와 연예인 브로마이드를 팔던 레코드점이 헌책방 건너편으로 이사 왔다. 브로마이드도 음반도 여고생 취향이라 언제 문을 닫았는지도 모르게 금세 간판을 내리긴 했으나, 그때의 PC방은 당구장에서 해소해야 할 아드레날린뿐 아니라 음반 가게에서 채워야 할 소울과 팬덤까지 흡수하고 있었다. 고객이 되었어야 할 사람들 전부가 인터넷에 접속해 세상 온갖 MP3 음원을 그러모으던 시절, 음반 가게 입구에 날리던 브로마이드는 말라붙은 웅덩이에서 처절하게 아가미를 끔뻑이는 물고기 같았다. 그렇게 잠시 퍼덕거리다 눈을 감았다. 귓속을 채우는 소리의 바다는 광대했고, NET 간격은 촘촘했고, 저작권이고 뭐고 그런 게 문제 되려면 아직 10년은 더 기다려야 했다. NET에 2진법 신호 몇 개를 던지면 나라와 시대를 불문하고 무엇이든 낚였고, 뭐라도 낚여 왔다. 공유 제국에서 건져 올린 2진법 소리들은 곧장 아이리버 MP3플레이어 안으로 들어갔다. 서른 곡가량 채우면 가득 차는 용량이었지만, 그것만으로도 CD 세 장 가격을 아낄 수 있었다. 음반 가게는 허망하게 간판을 내렸지만 헌책방은 나보다 오래 그 자리를 지켰다. 이 사람이 가진 영업 전략이라고는 언제 문을 열고 닫는지 아무에게도 알려주지 않는 것뿐이었는데도. 당구장 일은 주말도 밤낮도 없었고, 사실 일 자체가 없었다. 출퇴근이라 할 수도 없는 공간 이동 중에 어쩌다 서점 문이 열린 걸 보게 되면, 흔치 않은 기회를 그냥 흘려보내선 안 될 것 같았다. 자 그럼 시작해 볼까 하는 마음으로 가게 문을 열고 몸을 밀어 넣으면 책 먼지, 곰팡이, 담배 냄새가 콧속에서 환각을 일으켰다.

언뜻 보면 소설책이 가장 많은 것 같지만, 분류란 게 없어 확실하지는 않다. 서가보다 빨간 노끈에 묶여 바닥에 널려 있는 책이 더 많은 건 분명하고, 언제 그 묶음이 풀려 서가에 꽂힐지는 알 수 없었다. 당연히 어디에 꽂히게 될지도 알 수 없는 매력적인 공간, 서점 두 벽면을 가득 채운 서가를 처음부터 끝까지 훑어나가는 게 그 가게 유일한 책 찾기 방식이었다. 그럴 때마다 반드시 어디선가 새 책이 나타났지만 그게 또 어떤 분류 기준으로, 왜 하필 거기에 꽂히게 된 건지, 아무리 분류 기준을 되짚어 탐색해 봐도 도저히, 나로

선 도저히 알 수 없었다. 서점에 들어갈 때마다 매번 처음부터 시작이었다. 번거롭기는 했으나 탐사하는 재미가 있었다. 서가에 어떤 책이 숨어 있는지 알 수 없다는 게 그 동네가 가진 유일한 잠재력 아니었을까? 사막에서 피라미드를 찾으려고 주변을 도시 하나만큼 파헤치듯 낯선 제목 한 권을 찾으려면 가지런히 서 있는 책 제목 전부와 마주해야 했다. 탐사가 오래 걸릴수록 광기가 샘솟고, 그 집착의 에너지는 기어이 동서양 유물 발굴로 이어졌다.

내가 발굴한 가장 가치 있는 보물은 한양출판에서 출간한 〈노르웨이 숲〉이었다. 번역은 김난주. 모든 언어 번역가 중에서 유일하게 기억하는 이름이다. 발굴을 하고도 과연 이게 내가 해낸 것인지 믿을 수 없었던 것도 역시 다른 출판사의 〈노르웨이 숲〉이었다. 〈소설 목민심서〉, 〈내가 정말 알아야 할 것은 유치원에서 배웠다〉, 〈공존의 그늘〉 같은 내실 있어 보이는 히트작을 보유한 삼진기획에서 발간한, 빨간 표지의 상권, 초록색 표지의 하권, 두 권짜리 책이었다. 가격은 묶어서 3,000원. 한양출판에서는 〈세계의 끝과 하드보일드 원더랜드〉를 〈일각수의 꿈〉이라는 '한국 가요'를 연상시키는 제목으로 출간하기도 했는데, 반대로 문학사상사에서는 〈노르웨이 숲〉을 〈상실의 시대〉라는 '한국 영화'를 연상시키는 제목을 달아 놓았다. 〈1973년의 핀볼〉을 처음 읽은 건 막 대학에 들어가고 나서지만, 그게 별도로 출간된 책이었다는 것을 알게 된 건 그 헌책방에서였다. 내가 읽은 〈1973년의 핀볼〉은 문학사상사에서 〈바람의 노래를 들어라〉와 한 권으로 묶어 발간한 책이었다. 당시 출판사 편집자는 〈핀볼〉과 〈바람의 노래〉가 중편 정도 되는 분량이니 한 권으로 묶어 내는 게 경제적이라 생각했는지도 모른다. 몇해 뒤 무라카미 하루키가 쓴 글은 두께 같은 게 문제 되지 않는다는 사실이 밝혀지자 〈바람의 노래를 들어라〉와 〈1973년의 핀볼〉은 곧장 분리되어 각각 단행본으로 출간되었다. 무라카미 하루키의 글이라면 이미 냈던 책이라도 표지와 판형을 바꿔 출간한 변종들이 여럿이었다. 열림원에서 발간한 〈1973년의 핀볼〉과 〈바람의 노래를 들어라〉가 권당 1,000원. 믿을 수 없게도 내가 산 것은 한국어 초판이었다.

성석제 〈그곳에는 어처구니들이 산다〉, 유하 〈이소룡 세대에 바친다〉, 〈기형도 에세이〉 같은 책은 그곳이 아니었다면 지금껏 발간되었는지도 모르고 살았을 것이다. 이런 희귀한 책 말고도 배수아 〈랩소디 인 블루〉, 윤대녕 〈옛날 영화를 보러 갔다〉, 김영하 〈나는 나를 파괴할 권리가 있다〉, 김지원 〈꽃을 든 남자〉, 성석제 〈궁전의 새〉 같은 소설들을 태연하게 1,000원에서 3,000원에 살 수 있었기에, 당구장에 한 팀만 들어와도 암바사 두 통과 책 네다섯 권을 살 수 있었다. 값을 치르면 주인은 책 말고 다른 걸 담았던 게 분명한 검은 비닐봉지에 책을 담아 주었다. 그는 몇 번을 봐도 아는 척을 하지 않았고, 그 때문에 나는 그가 어떻게 생겼는지, 말랐는지 살이 쪘는지 기억하지 못한다. 그가 입은 셔츠나 잠바에 눌어붙은 담배 냄새가 내 목을 아프게 했다는 기억 정도.

검은 비닐봉지를 당구대 위에 풀어 헤치고 나면 가격이 찍힌 스티커를 떼어 내고 걸레를 깨끗이 빨아 표지를 닦았다. 거의가 책 재단 면이 누렇게 바랜 책들이었어도 서너 장만 넘기면 사람 손을 탄 흔적이 없었다. 표지만 잘 닦으면 새 책을 읽는 거나 다름없었다.

당구장 소파 쿠션에는 특유의 고풍스러우면서도 유려

한 곡선이 있었다. 누울 때는 허리와 어깨 굴곡을 떠받쳐 주고, 앉아 있으면 허리를 살짝 밀어내며 척추에 긴장감을 주었다. 소파에 누웠다 앉았다 하며 새로 사 온 소설을 읽었다. 그러다 보면 쓴다는 것도, 써 보고 싶다는 마음도 막연하긴 했지만, 막연한 채로라도 뭔가를 쓰고 싶어졌다. 밤늦은 시간 책을 덮고 나면 맥주를 마시며 영화를 보거나 미국 프로 레슬링을 보았다. 그해 내내 숀 마이클스 선수를 응원했지만 그에게 벨트가 주어지는 시나리오는 끝내 쓰이지 않았다. 영화 채널에서 이런저런 영화를 참 많이 보았지만 기억나는 영화는 짐 캐리 주연 〈맨 온 더 문〉밖에 없다. 〈에이스 벤츄라〉 1편부터 짐 캐리 영화는 모두 극장에서 봤는데, 〈맨 온 더 문〉도 극장 개봉을 했던가? 영화 〈맨 온 더 문〉 그리고 R.E.M의 노래 '맨 온 더 문.' 그것도 그해 당구장 벽을 떠올릴 때 또렷하게 되살아나는 기억이다.

검은 비닐봉지에 담긴 것들 중에서 내가 가장 여러 번 읽은 책은 열림원에서 나온 노란 표지의 〈1973년의 핀볼〉이었다. 겨자 빛깔 노란색 표지에서는 1973년 여름, 나른하고 끈적이고 막막하지만 그렇다고 의지를 보이는 건 어쩐지 속

물스럽다고 생각하는 20대 청년의 무례함과 나태가 스미어 있었다. 책 한 귀퉁이에 내 이름을 써넣어도 될 것 같은 나른하고 끈적거리고 무례한 노랑. 〈바람의 노래를 들어라〉, 〈양을 쫓는 모험〉과 함께 무라카미 하루키 초기 3부작이라고 불린다 했다. 그래서 세 소설을 하나의 이야기로 가정하고 등장인물들과 단어들이 어떻게 연관되는지, 단서가 무엇인지, 시간순서는 어떻게 되는지 도표를 그리며 읽어 보고, 읽은 게 없어, 하나도 이해하지 못했어, 다시 완전히 별개 이야기라 여기고 읽어 보고, 마지막엔 소파에 누워 목에 밴 땀을 훔치며 아, 모르겠다, 노랗고 나태한 자조를 내뱉었다.

그 헌책방에서만 〈1973년의 핀볼〉을 세 권 정도 샀다. 읽던 책이 재미없거나, 정말로 뭔가를 써 봐야겠다는 생각이 간질간질 잠에서 멀어지게 할 때마다 노란 표지를 들추고 나를 1973년으로 밀어 넣었다. 하지만 주인공이 왜 '스리 플리터 스페이스십' 핀볼을 찾아다녔는지, 지난 시절 공허와 망각은 대체 무엇 때문에 생겨났는지, 또 다시, 아, 모르겠다, 이해는 다음 번 독서로 미뤄 두었다. 지금도 그 책이 무슨 내용인지 모르겠다. 주인공들은 왜 다들 무기력한지, 그런 걸 상처라고 해야 하는 건지, 그렇게 별일 없이 먹고 살면서 상처는 왜 생기는 건지, 젊음 때문인지, 그냥 게을러서인지, 핀볼 게임을 하고 나니 그 빈 곳들이 메워지긴 했는지. 나는 그저 소설에 나오는 상자 속 원숭이 한 마리가 되어 핀볼 시대의 이야기를 듣고 머리를 갸웃하고 상자 밖으로 나서 인간 세상이 시야에서 사라질 때까지 무아지경으로 맥주를 마셨다.

당구장이라는 지루하고 막막한 껍질은 내가 생각하고 갈망할 수 있는 세계를 점점 줄어들게 했다. 점점 작아지는 세계를 바라보며, 이게 다 나 때문이야, 한바탕 자책하고 나면, 이래선 안 돼, 맨 신경으로 벽을 긁어대며 탈출구를 찾았다. 매출 기록 노트 빈 페이지를 펼쳐 내가 떨쳐 나가야 할 세상과 그 안에 도사린 모험, 도전, 처절한 사투를 상상하며 볼펜을 딸깍, 딸깍. 나는 왜 질주하지 않지? 어떤 말이든 나오는 대로 적어 보자고 노트를 바라보면, 시선은 어느새 창밖, 볼펜만 딸깍, 딸깍, 20대의 노오란 하루해가 저물어 갔다.

〈1973년의 핀볼〉의 주인공 1972년의 '나'는 번역 일을 한다. 그에게 번역이란 오른손에 있는 동전을 왼손으로 옮기는 일, 입력이 있으면 출력이 있는 기계적인 일이다. 1973년은 그에게 그런 해였다. 작년의 일이 어제 일 같은, 오랜 시간 아무 변화 없이 깊은 우물 바닥에 앉아 있는 듯, 지긋지긋하게 반복되는 나날. 이것은 분명 그가 선택해서 진입한 정상 세계였다. 친구도 없고, 더 이상 자신의 이야기를 들려주려고 찾아오는 사람도 없는 정상 세계. 불만은 없었다. 그것이 70년대의 삶이었으니까.

1970년 대학에서 쫓겨난 부잣집 청년 '쥐'는 그와 함께 제이스 바에서 수천 병의 맥주를 마시고 수천 개의 감자튀김을 먹었다. 수천 장의 주크박스 앨범을 갈아 치우고, 바닥을 덮을 만큼 땅콩 껍질을 벗겼다. 그곳에는 바텐더 제이와 핀볼 기계가 있었다. '쥐'는 더 나아갈 수 없는 핀볼 스코어처럼 이곳에서 한 발짝도 나아가지 못할 거라고 생각했다. '그녀'도, 안개 낀 바닷가 도시도. 가을이 깊어갈 무렵, '쥐'는 이 도시의 삶에서 은퇴하기로 한다. 스물다섯, 조금은 생각해도 좋을 나이. 지도 위 도시들 이름을 읽어 나갔다. 어딜 가든 마찬가지겠지. 언젠가 다시 돌아오게 될지도 모르지만, 그렇게 되기까진 무척 오랜 시간이 걸릴 거야. 그리고선 맥주를 마저 비우고 남은 땅콩을 주머니에 넣었다.

1973년 '쥐'는 '나'와 700km쯤 떨어진 곳에 살고 있었다. 그곳에도 수천 병의 맥주와 수천 개의 감자튀김, 핀볼 기계가 있을지 몰랐다. 이곳에 남은 나에게도 수천 병의 맥주와 수천 개의 감자튀김은 있었다. 다만, 스리 플리퍼 스페이스십 핀볼이 없었다. '나'는 아무 데도 떠나지 않았지만, 핀볼이 없는 세계, 스무 살 시절 사랑했던 나오코도, '쥐'도 너무 멀리 떠나 버린 세계에서 혼자 살아가고 있었다. 그래, 정말이지 많은 일이 있었어. 그리고 지나가 버렸지. 기억하려 해도, 모두가 소용없는 짓이다. 아무것도 나아지지 않는 70년대의 삶. 73년 가을, 핀볼이 '나'를 불렀다. 현실의 일본인들이 모든 점거와 참여와 평화 외침을 끝내고 1억총중류, 모두가 중산층으로 살아보자 결의하며 아오야마 양복 같은 유니폼을 다려 입던 그때, '나'는 그 시절 사랑했던 여자, 스리 플리퍼 스페이스십 핀볼을 찾아 나선다.

'나'와 '쥐'가 음습한 제이스 바에서 대량의 맥주를 마시고 땅콩 껍질을 바다에 흩뿌리며 기나긴 여름을 보내던 1970년대 초, 나는 존재가 없었다. 1973년은 내게 지구의 태동 같은 시기였다. 먼저 피어난 생명체들이 사회를 이루고 나름의 역사와 질서를 만들어 가고 있었지만 나는 지루한 우주 생명으로서 형체가 만들어질 날을 고요히 기다리고 있었다. 우주의 격랑과 혼돈이 우연에 우연을 거듭하다 2003년 당구장에서 빈둥거리는 '나'라는 양상에 다다랐을 때, 수조 개 물질들이 문득 그 장면으로 합성되었을 때, 그곳엔 핀볼 기계 대신 파칭코 기계가 있었다. 100원짜리 동전을 넣으면 게임이 시작된다. 어떻게 해야 돈을 따는지 원리는 모르지만 때로 돈을 내뱉기도 한다. 하지만 누구든 그 자리에 앉으면 남은 동전을 다 기계 안에 떨구고서야 일어난다. 오래전 그 기계를 관리하는 업체가 망한 뒤로 동전통 열쇠가 어디로 갔는지 아는 사람이 없었다. 입구는 있되 출구는 없는 기관. 입력에 과부하가 걸려도 출력을 망각한 기관. 아무리 많은 글자를 읽어도 한 글자도 쓸 수 없는 인간. 좁은 입구와 달리 기계 안 까마득한 우주에선 아직 동전이 바닥을 향해 떨어지고 있을지 몰랐다. 내 안의 거대한 공동을 떠도는 글자들.

기계의 거대한 공허와 마주하는 건 당구를 치다 말고 짜장면을 기다리거나, 게임과 게임 사이 집중력을 내려놓으려는 사람들. '하우스'가 열리는 동안에는 차분한 배팅 의지를 다지며 정신 환기의 동전을 밀어 넣었을지도 모른다. 동전 열 개 정도를 쌓고 잭팟도 탕진도 없는 세계에 앉아 냉랭한 마음을 회복해 갔겠지. 자물쇠를 뜯어 동전을 세어 보고 싶다는 생각은 들지 않았다. 그 안에 얼마가 들었든, 그건 어느 땐가 터질지 모를 소박한 행운으로 남겨 두고, 아니 그보다는 자물쇠를 새로 달기가 귀찮은 게 맞지만, 광활한 우주를 가로지르는 동전들, 넣는 족족 흩뿌려지는 잭팟의 바람. 나는 잭팟의 원리 같은 건 영영 모른 채 또 노란 표지를 열고 노란 점액질 글자 사이로 들어갔다.

내가 우주를 헤매던 시절

내가 혼돈뿐인 우주를 유영하며 기약할 수 없는 우연을 기다리던 1972년. 10년 넘게 끌어오던 동서대전, 베트남 전쟁이 정리 단계로 접어들었다. 1973년 북베트남은 친서양 세력을 쫓아내고 독립 국가를 완성했다. 그러자 전장은 서쪽으로 이동해 시리아와 이스라엘이 4차 중동전쟁에 돌입했고, 이스라엘이 승리하자 패배한 아랍연합, 리비아, 이라크, 이집트, 튀니지, 시리아가 원유 가격을 인상하며 제1차 오일쇼크가 일어났다. 그를 계기로 유럽과 북아메리카가 중동을 착취하던 저유가 시대에서 고유가 시대로 전환되었다. 사실 그것들 전부 나와 관련 없는 일들이었다. 그 격변, 역사, 어느 하나 내 머릿속에 자취를 남기지 못했다.

일본이 오일쇼크로 경제 타격을 입으며 한국도 영향을 받았다고 한다. 경제 규모랄 게 없던 한국은 그다지 큰 타격을 받지 않았다고 말하는 사람들도 있다. 오히려 이를 계기로 중동 교역에 적극적으로 나서 오일 달러를 벌어들이고, 이란과 교역이 늘어나며 강남 한복판에 이란의 수도 이름을 딴 테헤란로라는 거리까지 생겨났지 않냐고. 오일 머니로 경제 성장에 탄력을 받은 군부 세력은 일본식 유신 영주 체제로 쉽 없이 몰아붙일 에네르기를 비축했다. 오일 머니와 함께 구리 머니도 들어왔다. 베트남 통일 전쟁에 가장 싼 용병으로 참전한 한국군이 총과 대포를 쏘고 자리를 뜨는 미군과 달리 전쟁 잔해인 구리를 차곡차곡 모아 고국으로 보내 국가 경제에 이바지했다는 자랑스러운 무용담. 남의 나라 전쟁까지 우리 경제에 보탬이 된다고 말할 수 있었던 자신감은 대체 어디서 나온 것일까? 유신 국가는 나라 안에서는 일본인에게 젊은 여자를 팔아, 나라 밖에서는 미국인에게 젊은 남자를 팔아 달러를 긁어모았다. 이름하여 원기옥,

우주를 떠도는 동전들이여 내 손 안에 모여들라.

자신감이 아니었다면, 부끄러움을 모른 게 아니라면, 지금 느끼는 환희가 계속될 수 있을지 불안이 엄습해 왔던 걸지도 모른다. 전쟁은 머니, 머니는 에티켓. 그래서 그 가치를 부정하는 인간들을 사회 불안 요소로 지목해 집요하게 탄압한 걸지도 모른다. 평화에는 언제나 적이 필요하다. 탄압당하는 사람들을 지켜보며 피에 흥분한 콜로세움 관중들의 지능은 볼모다.

권력을 쥔 자들이 쉽게 지목한 적대 대상은 청년, 문화, 음악이었다. 한대수, 김민기, 신중현. 공연 금지, 방송 금지, 장발 금지, 연초 금지. 이들의 배후로 지목된 정치인도 있다. 40대 젊은 정치인 김대중. 자세한 내막은 알려지지 않았지만, '위'에서 살해를 염두에 둔 납치를 지시했지만 지령을 받은 쪽에서 내린 쪽의 '궁극적 의중'을 오해하는 바람에 목숨을 건졌다. 박정희와 김대중, 이 둘 사이 지긋지긋한 인연은 내가 성인이 되어 첫 투표를 하고 2003년의 새 정부가 부침을 겪는 데까지 이어졌다. 군부는 김대중이란 정치인에게 콤플렉스를 갖고 있었다. 친일 세력이란 면에서, 치졸하게 획득한 권력이란 면에서. 납치됐던 그가 살아남자 이후 30년간 모든 선거는 상대편에서 김대중 콤플렉스를 극복하기 위해 어떤 비방을 마련해 왔나 전시하는 형태로 전개되었다. 이참에 정말 죽여 버리자, 지난 정부에서 살해에 실패하는 바람에 이제 거기까진 어렵게 됐으니 '빨갱이'라 몰아붙이자, 모함도 안 먹히니 이번에는 그를 배제한 정치 카르텔을 만들어 보자. 시대마다 다른 묘수들을 선보였고, 그때마다 성공한 듯 보였으나 그는 끝내 살아남았고, 1998년 대통령이 되었다. 그를 이어 2003년 정부가 들어섰다. 콤플렉스가 극대화된 사람들은 온갖 희화화, 비방, 누명으로 2003년 새 정부에 맞섰지만, 그를 비방하고 비웃던 이들 모두가 희화화된 캐릭터를 하나씩 얻고서 감옥으로 갔다. 죄목, 돈과 임금 체불.

그러나 아직 태어나지 않았던 내게 1973년은 이제 곧 사람 세상에서 살아갈 내가 심취하고 위로받게 될 음악들이 축복처럼 쏟아져 내린 해였다. 퀸의 데뷔 앨범 〈Queen〉이 발매되었고, 1970년 해체한 비틀즈의 멤버들이 모두 솔로 음반을 발표했다. 존 레논의 〈Mind game〉, 폴 매카트니의

〈Band on the run〉, 조지 해리슨의 〈Living in material world〉, 링고 스타의 〈Ringo〉. 놀라운 사실은 이중 가장 높은 순위를 차지한 노래가 링고 스타의 '포토그래프Photograph'였다는 것이다. 더 놀라운 사실은 록이 폭발하던 시대에 장차 내가 태어날 나라에선 일본 노래 엔카를 부르며 반일 정서를 키워왔다는 것이다. 비틀즈를 틀어막는 일이 자리를 유지하는 데 얼마나 유용한 수단이었는지는 모르겠으나, 아무튼 박정희라는 사람의 취향은 상당히 촌스럽고 고루했다. 군복을 입고 일본 칼을 휘두른다든지, 으슥한 집을 짓고 연예인을 불러 술자리 시중을 들게 한다든지, 엔카를 애청하고 일본군 창가를 만들어 부른다든지. 엘비스 프레슬리보다 열여덟 살 많다는 게 비틀즈 데뷔를 지켜보면서도 그게 어떤 의미인지 전혀 알지 못할 만큼 커다란 벽이었을 수도 있다. 도쿄에 비틀즈가 와서 공연을 했다는 것을 그는 통역 없이 일본 방송을 보며 알고 있었을 텐데, 젊은 사람들이 한 장소에 모여 열에 들뜬 모습이 그에겐 그저 두려운 사태로만 보였을지도 모른다. 그런데 그의 나이 그래봤자 시인 윤동주와 동갑, 백석보다 다섯 살 아래. 도무지 은유를 할 줄 모르는 사람. 동갑내기 존 F. 케네디가 마를린 먼로와 연애를 하는 걸 지켜보며, 아, 저거구나, 채홍사들을 고용해 여배우들을 협박해서 끌어다 앉히는 유희. 연애 대신 납치를 선택한 사람의 취향만큼 믿음직한 게 또 있을까? 유신이란 말을 좋아했던 것부터가 그렇다. 국가주의, 근대화가 매우 호소력 있는 시절이기도 했으나 그걸 폭압 수준의 인권 유린, 온갖 불법과 편법으로 인간의 자유, 존엄을 망가뜨리며 20세기 천황이 되려는 대응으로밖에 표현할 수 없었던 사람. 일본 천황도 아닌 전범 출신 정치인에게 큰절을 올리며 돈이나 구걸하고 돌아와 궁정동 밤의 황제로 일생을 마감한 사람. 은유를 모르는 인간에게 음악에 열광하는 청년들은 그저 폭도에 지나지 않았다.

1971년 퇴폐 문화를 단속한다며 고고장, 고고 음악을 집중적으로 단속하고, 긴 머리를 자르고, 공연장에 경찰을 풀어 감시했다. 이어지는 기나긴 금지곡 시대. 금지곡은 1950년대 후반 일본풍 노래를 추방하자는 결의에서 시작되었다. 1962년 방송윤리위원회라는 게 생기며 출연 정지, 제작 중지 같은 막강한 권력을 휘두른다. 음악에 있어 가장 강력한

통제 장치는 사전 심의였다. 국가 존엄, 민족 긍지를 손상하는 가사, 퇴폐, 허무, 염세적인 가사는 쓸 수 없었다. 왜색도 퇴출 대상이었다. 왜색으로 금지당한 노래 중에 가장 유명한 건 이미자의 〈동백아가씨〉였다. 궁정동 황제는 이 노래를 좋아했다. 청와대에서 이미자 공연을 열고, 이미자의 일본 진출을 적극 도왔다. 〈동백 아가씨〉가 발표되던 해 이미자보다 한 살 많은 존 레논이 존 F. 케네디 공항에 내려서며 노래를 불러 달라는 기자에게 "Money first"라고 농담을 던졌다. 유신 영주는 이 장면에서 영미 제국주의자들의 퇴폐적인 물신주의를 목격하고 록 스피릿보다 돈이 우선인 비틀즈 음악에 반감을 갖게 되었을지 모른다. 하지만 아닐 텐데, 그가 좋아한 것도 결국 달러였으니. 아무튼 케네디와 여러모로 행보가 겹치는 사람이다.

1972년 10월부터는 심의 기준에 밝고 아름다운 가사를 넣을 것을 추가한다. 선정적인 의상도 안 되며 가사는 건전하고 희망적이어야 했다. 신중현의 '미인', 이장희의 '그건 너', '한 잔의 추억'은 퇴폐, 저속으로 금지. 신중현이 만들고 김추자가 부른 '거짓말이야'는 불신 조장, 송창식의 '왜 불러', '고래사냥'은 시의에 맞지 않고 방송에 부적합해서 금지. 양희은이 부른 '아침이슬'은 '태양은 묘지 위에 붉게 떠오르고'라는 가사가 북한을 연상시킨다고 금지곡이 되었다. '아침이슬'을 만든 김민기는 술을 너무 많이 마시고 공동묘지에서 잠들었다 일어나니 태양이 떠 있던 부끄러운 기억을 적은 것이라 한다. 이런저런 이유로 금지된 노래가 2,000곡 정도 된다. 음악의 공동묘지. 퀸, 비틀즈, 레드 제플린, 브루스 스프링스틴. 내 정서는 번역에 의지해 자랐고, 기억하는 장면 배경에는 번역되지 않는 메시지가 흐르고 있다. 1991년 봄까지 음악은 메시지의 무덤 위를 흐르고 있었다.

10년이 지나 내가 물고기 무리 끄트머리에서 무럭무럭 헤엄을 치던 1983년은 폭발의 시대였다. 한국은 냉전의 중심을 달리고 있었고, 테러와 도발이 난무한 와중에도 외환이 더 큰지 내환이 더 큰지 한쪽 손을 들어주기가 어려웠다. 9월 1일 소련 전투기가 소련 사할린 영공에서 대한항공 B747 여객기를 피격하여 승객, 승무원 292명이 전부 사망하는 사건이 벌어졌다. 전투기가 민간 항공기를 격추시킨 사건은 유례없는 학살이었지만, 거대한 냉전 체제 안에서 자그마한 영토를 차지한 정복왕은 입 밖으로 아무 말도 낼 수 없었다. 한 달 뒤 10월 9일 버마 아웅산에서 자신을 직접 겨냥한 폭탄이 터졌을 때마저도 무려 장군이라는 그가 세계 냉전에 얼굴을 드러내 자신의 분노를 표출할 기회는 주어지지 않았다. KAL기 참사 두 달 전 미국 대통령 도널드 레이건이 소련을 악의 제국이라 비난한 일이 있었다. 그에 대한 직접적 보복은 아니었겠지만, 레이건은 사건이 벌어지고 두 달 뒤 11월 한국을 방문해 유가족들에 위로의 말을 전했다. 그게 전부였다. 그는 위로하러 온 사람이 아니라 군부 지도자의 경거망동을 단속하러 온 사람이었다. 임진각이란 곳에 아웅산에서 죽은 사람들의 위령비가 세워졌고, 어린 무리들은 그곳으로 소풍을 가 추모를 하고, 철마가 달리고 싶다는 오래된 증기기관 열차가 서 있는 곳에서 사진을 찍고, 나는 공산당이 싫어요 하고 말하다 죽었다는 아이의 기념관을 둘러보고, 전기 영화를 보았다. 소풍을 갔다 돌아오면 저쪽 너머 사람들이 짓고 있는 금강산댐이 무너지면 서울 63빌딩 절반이 잠긴다며 눈에는 눈, 댐에는 댐, 평화의 댐을 건설할 비용을 내야 했다. 300원, 500원. 온 우주의 동전을 긁어모으려는 알뜰살뜰한 잭팟 장군의 그린 그린 그래스 홀인원 정책.

대한항공 피격으로 잊히고 만 비극이 하나 더 있었다. 4월 21일 대구 디스코 클럽 초원의 집에서 불이 나 춤추고 놀던 중고등 학생 스물다섯 명이 사망하는 사건이 있었다. 4월 18일 새벽 1시 반 무대 천장에서 불꽃이 튀며 판자벽과 카펫에 빠르게 옮겨붙었다. 불연소재를 쓰지 않던 시절이라 홀 전체가 순식간에 연기와 불에 휩싸였다 실내에는 150명이 넘는 청소년이 있었지만, 비상구가 이런저런 짐들로 막혀 있어 출입구 한 군데로만 사람들이 몰리다 보니 사상자가 늘어났다. 사망자는 25명, 부상자 75명.

그로부터 10년 뒤 1993년 10월. 전북 부안 위도면 임수도 앞바다에서 여객선 서해 훼리호가 침몰했다. 원인은 과적과 정원 초과로 인한 복원력 상실. 배에 최대 무게가 실렸을 때 물에 잠기는 선에 관한 규정이 있는데, 서해 훼리호는 그보다 여섯 배를 더 실었다. 그래서 배가 흔들렸을 때 제자리를 잡을 수가 없었다. 배가 기울면서 사람들이 배 밖으로 탈출하려 했으나, 안전을 위해 객실에 남아 있으라는 안내

방송이 탈출을 진정시켰다. 292명 사망.

　다시 10년이 지나 2003년 2월 18일, 대구에 사는 56세 김대한이란 자가 자기 인생이 비참해서 더는 못 살겠다며, 하지만 혼자 죽기는 싫다며 지하철에 불을 질렀다. 지하철 열두 량이 전부 불에 타고 승객 192명이 죽고 148명이 다쳤다. 죽거나 다친 사람은 정작 불이 난 열차가 아니라 맞은편에서 오던 열차에 타고 있던 사람들이었다. 불이 난 1079 열차 사람들은 빨리 자리를 피했으나, 기관사가 화재 상황을 제대로 설명하지 않고 대피하는 바람에 그냥 역을 통과해야 했던 1080 열차가 맞은편 승강장에 정차하며 불이 옮겨붙었다. 몇 차례 출발을 시도하며 승객들에게 가만히 앉아 있으라 당부했으나 전력이 끊기며 끝내 열차가 출발하지 못했다. 중앙사령실이 기관사에게 마스터키를 뽑고 탈출하라고 지시한다. 남아 있던 사람들이 탈출할 희망이 사라졌다. 애꿎은 생명들이 문을 열지 못하고 불에 휩싸이는 동안 불을 지른 김대한은 죽을힘을 다해 도망가 병원에서 화상 치료를 받다가 검거되었다. 진주교도소에 갇혀 살다 1년 뒤 뇌졸중으로 자연사했다.

1994년 10월 성수대교 붕괴, 1995년 4월 대구 지하철 공사장 가스폭발, 6월 삼풍백화점 붕괴. 어른이 되기까지 연이은 참사를 보았다. 이 죽음들에는 전혀 이유가 없었다. 이유 없이 생겨난 무리라고 이유 없이 사라져도 되는 건가? 산다는 것, 죽는다는 것이 내가 알 수 있는 것도 아니고 그래서 알아야 할 이유도 없는 거라면 이 많은 고민, 등수와 경쟁, 공포는 왜 견뎌야 하는 걸까? 세상에서 벌어지는 일이 커 보일수록 나 사는 일은 보잘것없다는 실감. 세계는 기적으로 만들어진 것이 아니라 허상이었다는 사실. 안 먹고 안 쓰며 희생으로 만들어낸 세상이라 뼈대가 허술해서 작은 기척에도 쉽게 붕괴했다. 자신들의 삶은 사실 착취당한 적 없다고, 기적은 유효하다고 자기변명에 급급하던 사람들이라 그 수많은 죽음을 보면서도 반성하지 않았다. 허상은 사라지지 않았다. 내가 기억하는 가장 완벽한 허상은 이런 훈화 말씀이다. 이 불신의 세상, 하나님이 심판하셨다.

1983년은 나를 프로야구 시청자로 만든 해태 타이거즈가 정규리그와 한국시리즈에서 우승한 해이기도 하다. 창단 2년 만에 통합 우승 등극. 달리기를 할 수 없어 홈런을 쳤다던 콧수염 홈런 타자 김봉연, 리그 최고 미남 타자, 야구계의 신사 김준환, 가을 사나이 김정수. 어슬렁거리며 마운드에 올라와 순식간에 아웃 세 개를 잡고 어슬렁거리며 내려가던 무등산 폭격기 선동열. 지금은 다른 팀을 응원하지만, 그래도 아직 '검빨' 유니폼만큼 강렬하게 '야', '구' 두 글자를 떠올리게 하는 팀은 없다. 올림픽 복권도 이해에 첫 출시되었다. 우리 집에서도 대우 '이코노 칼라 텔레비전' 앞에 온 식구가 앉아 숫자를 맞추며 아파트로 이사 가자는 희망에 부풀었다. 올림픽이 끝나고 주택복권 시대가 끝날 때까지 그런 일은 벌어지지 않았다. 동전을 긁어모아 일으킬 기적은 아직도 먼 우주를 유영하고 있었다.

메리레인과 나

여름 내내 선풍기 한 대를 다리 사이에 끼고 TV를 보거나 소설책을 읽는 것만으로는 20대의 난데없는 충동을 다 억누를 수가 없었다. 죄책감 비슷한. 스스로 젊다는 걸 아는 시기에는 그 시간을 살아간다는 것만으로 종종 죄책감이 일고는 했다. 이대로 있어선 안 된다는 충동, 지금은 뭘 해도 어쩔 수 없다는 패배감, 권태뿐인 시간. 당장 변화를 원하지만 어떻게 변해야 하는지 알 수 없는 상상력 부재.

장맛비가 한창일 무렵, 당구장 근처 초등학교 앞 문방구에서 모닝글로리 노트와 모나미 볼펜 두 자루를 샀다. 당구대 위에 노트를 펴고, 여기다 뭘 적으면 좋을까 생각했다. 올해 목표? 과외 계획표? 쓸 말이 없네, 정말 한 마디도 없어.

　내가 노트 첫 장에 글자를 적게 된 건 메리레인을 만나고 나서였다. 노란 우비에 노란 장화를 신은 아이는 일곱 살 정도 돼 보였다. 우비에 달린 후드가 눈썹 위까지 내려와 여자아이인지, 남자아이인지 분간하기 어려웠다. 집에서 점심을 먹고 당구장으로 걸어가는 길이었다. 비옷을 입은 아이가 당구장 문 앞을 서성대고 있었다. 아이를 지나쳐 계단을 올라, 비를 털어 내고, 한참 뒤 비가 좀 그쳤나 싶어 창을 열고 밖을 내다보았다. 아이는 아직 그 자리에 서 있었다. 나는 길가로 내려가 아이에게 누굴 기다리고 있는지, 길을 잃었는지 물었다. 후드에 가린 아이 눈이 어딜 보고 있는지 알 수 없었지만, 장화 끝은 줄곧 내 운동화 끝과 마주 보고 있었다.

　"여기서 더 기다려야 하면 위에 올라와 있을래?"

　아이의 우비를 벗겨 빗물을 털고 마른 수건을 머리에 얹어 주었다. 엄마 휴대폰 번호를 아는지, 집 전화번호를 아는지. 아이는 소파에 앉아 TV 쪽으로 고개를 돌리고 있었다. 이럴 때 코코아 같은 게 있으면 좋을 텐데, 내가 줄 수 있는 음료는 암바사. 아이는 종이컵을 조심히 들어 입에 대 보고는 다시는 손을 대지 않았다. 나는 선풍기를 아이 쪽으로 돌려주고 아이 손 가까이 TV 리모컨 놓아 주었다. 당구대에 걸터앉아 의미 없는 분침을 1분, 1분 지켜보았다. 빗소리가 조금 잦아들자 아이가 비옷을 집어 들었다. 고개를 끄떡하고는 계단을 내려가 길 건너 골목 안으로 걸어갔다.

나는 매일 모닝글로리 노트를 펴고 이런 이야기를 적어 갔다. 아이의 이름은 메리레인. 장마는 한창인데 눅눅한 주변이 견딜 수 없어 메리크리스마스, 하는 기분으로 장마를 보낼 수는 없을까 생각하다 지은 이름이었다. merry, rain.

비가 내리는 날 저녁이면 아이가 나를 찾아와 암바사 한 모금을 마시고 소파에 앉아 한 시간 정도 TV를 보다가 간다. 나는 나대로 원래 그런 일상인 듯 아이를 대한다. 아이가 바라는 건 없는 것 같다. 아이에게 무얼 해 주어야 하는지도 모른다. 서먹한 듯 익숙한 며칠이 지나 한두 마디 인사가 익숙해졌을 때쯤 아이에게 이름을 묻는다.

"메리레인."

"아빠가 미군이셔?"

그곳은 그런 동네였으니까. 아이는 고개를 흔든다.

"나는 당신의 메리레인, 이런 말 기억 안 나?"

"어. 처음 듣는 말이야. 나는 당신의 뭐? 요즘 유치원생들은 그렇게 고백하니?"

"아니. 어릴 때, 장마가 오면 하는 말, 메리레인."

"메리크리스마스 같은 거니? 메리레인? 미국에는 그런 날도 있나?"

"아니, 그런 거 말고. 일곱 살 장마가 시작되는 날 엄마가 비옷하고 장화를 새로 사주잖아. 기억 안 나? 머리가 나빠진 건가? 엄마한테 전화해서 물어 봐, 그때 사 준 비옷 어디 있는지."

"우리 엄마는 나보다 기억력이 더 없어. 게다가 한국 사람이고. 아, 너도 엄마는 한국 사람인가?"

"아, 바보같이……."

아이는 머리를 흔든다.

"아이들은 비를 맞으며 자라잖아. 그러니까 학교 입학

하기 전에 비를 흠뻑 맞는 축제를 하는 거고. 정말로 기억 안 난다고? 메리레인 축제가?"

"여긴 미국이 아니니까."

"그럼 노래도 모르겠네."

"너보다는 노래를 많이 알지만, 그 노래는 모르겠어. 어떻게 하는지 불러봐 봐."

아이는 띄엄띄엄 낱말 잇기를 하듯 노래를 부른다.

"메리레인, 나는 당신의 메리레인, 비가 그치고 나면 나는 어른이 되지요. 빗속의 당신을 기억해요. 작고 노란 꽃, 기억해요, 당신은 빗속의 메리레인."

"음, 그런 노래였군. 역시 처음 들어."

"다 같이 메리레인 노래를 부르고 집으로 돌아가서 따뜻한 물로 목욕을 하고 침대에 눕잖아. 기억 안 나? 엄마가 비옷을 깨끗이 닦아서 창가에 걸어 두고. 방안에 쑥쑥 자라날 아이가 자고 있다는 걸 비의 신에게 알려주려고."

"너희 엄마 동화작가시니?"

"아니거든."

"근데 나는 어렸을 때 침대가 아니라 방바닥에서 잤어.

이불 깔고."

아이는 당구장 소파에 앉아 지금 내가 사는 나라, 어른이지만 꼭 어른은 아닌 것 같은 사람이 살고 있는 세상 이야기를 들려 달라고 한다. 나는 올해 새로 뽑힌 대통령이라든가, 봄부터 저 멀리 사막에서 벌어지고 있는 전쟁 이야기라든가, 내가 기억하는 커다란 사건들을 내가 기억하는 대로 들려준다. 그게 내가 세상과 관계 맺는 방식이지만, 나와 내가 접속하는 방식이기도 했다. 나는 끊임없이 내 기억하고만 관계 맺고 있었으므로. 그러면 아이는 지루하게 듣는 둥 마는 둥 하며 창밖을 바라본다. 비가 오는지, 언제 돌아가야 하는지, 그런 생각을 했을까? 그리고 조금씩 암바사를 먹는 양이 늘어난다. 그래, 암바사는 그냥 탄산음료가 아니라 우유가 든, 성장기 어린이에게 좋은 음료라니까.

가끔은 지금 내가 하고 일이 뭔지, 하고 싶은 게 뭔지, 꿈이 뭐였는지, 나에 관해 묻기도 한다. 아주 조심스러운 말투로.

"너한테는 그렇게 안 보일 수도 있지만, 나는 이게 다 큰 거야. 너만 한 아이였을 때는 나도 커서 어떤 어른이 될지 궁

금했어. 큰 꿈을 꿨지. 살다 보니 어른이 됐어. 꿈꾸던 어른
이 아니라 그냥 어른. 다 자랐는데, 하필 내가 된 거지."

아이는 실망스럽다는 듯 고개를 흔든다.

"아, 안 돼. 어른이 되고 싶지 않아. 어른이 되고 싶지 않
아."

"내 사촌 여동생도 어렸을 때 어른이 되기 싫다고 밥을
안 먹었어. 작년에 결혼했어."

아이는 창밖 하늘을 바라보다가 비옷을 입고 터덜터덜
계단을 내려간다.

빨간 립스틱을 바른 여자

여자가 립스틱을 발랐다.

"나는 매일 일기를 써요."

가슴 앞에서 브래지어 고리를 채우고 쿠션을 앞으로 돌려 가슴 매무새를 보기 좋게 만든다. 화장은 전날 밤 모습으로 돌아가 있고, 수능 문제집과 모의고사 시험지로 너저분한 책상 위에 자그마한 콤팩트 거울을 올려놓고 얼굴을 자세히 들여다본다. 여자가 정확히 몇 살인지는 모른다. 대학을 졸업한 지 몇 년 되었고, 교원 자격 시험을 준비한다고 하니 나보다 한두 살 많을 것이다. 대학 내내 아르바이트를 한 돈으로 졸업할 때 국산 스포츠카를 샀다. 자동차 옆면의 잘록한 굴곡은 평소 여자가 입는 옷차림과 잘 어울렸다. 여자는 내가 혼자 갈 수 있는 유일한 바의 단골이었고, 술에 잔뜩 취해 혼자서 맥주를 마셨다. 그 바의 이름은 공교롭게도, 〈1973년의 핀볼〉에 나오는 J's바와 같은 J바였다. 핀볼의 세계에서 's와 핀볼과 주인 J가 빠졌다. 그것 말고도 다른 점은 수도 없이 많았다. J바엔 중국인 바텐더 대신 검은 정장을 입은 20대 초반 여성들이 바 뒤에 서서 손님이 산 위스키를 같이 마셔 주었다. 맥주를 마시는 손님은 침묵으로 대했다. 더구나 옷에서 고기 냄새가 나는 나 같은 손님이 맥주를 한 병만 주문할 때는 바에 앉히는 걸 꺼렸다. 하지만 혼자 온 손님이 앉을 자리는 역시 바밖에 없었다. 그곳이 내 생애 처음 만난 바, 주크박스 대신 최신 유행 음악 모음집 〈MAX〉가 무한의 궤도를 도는 J바였다. 이름이 J가 아니었다면 나도 그곳의 단호함, 거리감, 냉대를 무릅쓰지 않았을 것이다.

　그녀는 맥주 병목을 잡고서 뉘엿뉘엿 의식을 잃어가고

있었다. 깜빡 의식이 돌아올 때마다 마치 방금 마주친 사람에게 말을 건네듯 내게 혹시 일기를 쓰는지, 한자를 잘 아는지, 맥주를 좋아하는지 물었다. 일기와 한자와 맥주가 그녀에게 어떤 의미일까 싶어 대답을 바꿔가며 해 봤지만 예, 아니오가 뒤집힌다고 해서 그녀의 반응이 바뀌진 않았다.

"그렇구나……."

그러다가 "나는 매일 일기를 써요." 하며 대화가 순환하지만, 맥주를 다 마시는 순간 단호하게 질문을 중단하며 인사도 없이 가게를 나갔다. 그럴 때 걸음걸이는 전혀 취한 사람 같지 않았다.

술에 덜 취한 날은 눈인사도 건네지 않았다. 여자는 어딘가에서 부당한 시달림을 겪다 겨우 빠져나온 표정을 하고서 이곳에 들어오기 전 상황에 진저리를 치듯 급격하게 취해갔다. 그리고 병목을 잡고 의식을 잃어가며 일기를 쓰는지 물었다. 공책 몇 쪽, 메리레인과의 긴 대화를 덮고서 맥주 두 병 값을 바지 주머니에 넣고 바에 앉으면 여자가 올지 안 올지 한 모금씩 시간을 잃어가는 것 말고는 할 일이 없었다. 제니퍼 로페즈, 셀린 디온, 윌 스미스, 더 콜링의 'Wherever you will go'가 두 번쯤 돌고, 나는 주머니에서 4등분으로 접힌 지폐를 꺼냈다.

장마 한가운데 어느 날, 여자는 이제껏 가장 말짱한 모습으로 맥주를 마시고 있었다. 빈자리는 여자 옆자리 하나. 가게를 나가거나 남은 한 자리에 앉거나. 나는 여자 옆에 앉아 하이네켄 한 병을 건네받고선, 하이네켄이 버드와이저보다 좋은 점이 뭔지 아시나요 하고 물었다.

"아니요."

여자는 정면에 시선을 고정하고 있었다.

"하이네켄 스펠링엔 R과 L이 들어 있지 않거든요. 세계 어딜 가도 발음이 똑같아요. 하이네켄. 영어를 쓰는 사람들 앞에서 버드와이저는 발음하기가 꽤 힘들어요. R과 L을 구분해야 하니까요."

여자는 참 재미없는 이야기를 들었다는 표정으로 손거울을 꺼내 립스틱을 발랐다. 여자가 J바를 찾아온 건 J하고는 상관없었구나.

"무라카미 하루키가 쓴 에세이에 나오는 이야기에요."

"네?"

"아, 그 하이네켄이요. 아니, 소설가 하루키."

"뭔가, 원하는 대로 잘 안 되는 표정이네요."

"네? 제 인생이요?"

"아니요. 지금 수작 부리는 거요."

여자는 테이블에 두 팔꿈치를 올리고 오른쪽 손목을 위로 꺾어 맥주를 마셨다.

"아니요. 의도대로 되고 있어요."

"그래요?"

"네, 벌써 세 마디씩 주고받았잖아요. 오늘 목표가 다섯 마디였어요."

"의외네요."

"뭐가요?"

"작업 같은 거 못하는 사람일 줄 알았는데."

"작업은요, 무슨. 위스키를 마시는 것도 아니고."

"저는 맥주가 더 좋아요."

"다섯 마디가 넘었네요. 저는 오늘 할 일을 다 했으니 저 상관 말고 편하게……."

그녀는 술에 취한 채 스포츠카에 시동을 걸었다. 옆자리에 앉아 모르겠다, 될 대로 되라 그녀가 가는 대로 따라가기로 했다. 차는 이제 막 미군 부대 담장을 벗어나 3년 뒤 다지어진다는 대규모 아파트 단지의 텅 빈 벌판을 달리고 있다.

"이 노래 알아요?"

여자는 퍼프 대디의 'I'll be missing you'를 틀고 볼륨을 올렸다. 창문을 열자 곧 비가 올 것 같은 눅눅한 대기가 콧속에 들이닥치고, 기어 앞에 올려 둔 여자의 빨간색 핸드폰이 몇 분 간격으로 울렸다. 여자는 전화기를 바라보지 않았다. 일부러 신경 쓰지 않으려고 하는 것 같았다. 전화가 울리건 말건 나도 신경 쓸 게 아니지.

"어디 가고 싶은 데 있어요?"

여자가 물었다.

"13층 스카이라운지가 있어요. 24시간 하는."

"나쁘지 않네요. 거기로 갈까요?"

"근데, 야경은 없어요."

"상관없어요. 이 도시에 살면서 야경 같은 거 기대한 적 없으니까."

"특이한 건, 자기가 마실 술을 알아서 사가야 하는 곳이에요."

"짐작이 가네요."

여자와 나는 하얀 비닐봉지에 맥주 네 병을 담고서 13층, 모텔 창과 마주 보고 있는 나의 방으로 들어갔다.

"여기 살아요?"

"네, 일도 여기서 하고요."

"어떤 일이요?"

"일이라기보다는 연구에 가까운데, 미니멀리즘 리빙 아트라고."

"그게 뭔데요?"

"보시는 것처럼, 아무것도 없이 사는 거요."

여자가 나에게 입을 맞추는 동안 나는 여자의 허리 뒤에서 맥주 두 병을 땄다. 여자는 담배를 피우고, 맥주를 홀짝이다가 불을 끄고 모텔 창이 보이는 곳 가까이 붙어 섰다.

"야경이 남다르네요."

그 여자의 일기

여자는 한국사를 전공했다. 학원에서 중학생들에게 국사를 가르치고 있지만, 스스로 생각하는 삶의 단계는 수험생, 교원 자격증 준비생이었다. 일주일에 5일 출근하고 중간고사, 기말고사 기간은 일주일 내내 출근했다. 교원 시험공부를 할 시간이 없었다. 그녀는 수험생이 매는 가방이 아니라 작은 핸드백을 들고 다녔다. 몸에 붙는 원피스에 굽이 얇고 높은 하이힐, 빨간 립스틱, 스포츠카. 자신을 학원 강사가 아닌 수험생으로 생각하는 여자가 매일 고집하는 차림새였다. 일을 마치고 밤 11시에 집에 도착하면 그녀는 한동안 차에 앉아 자신의 오늘 하루를 생각했다. 나에게 미래가 있을까? 그리고 그녀가 자는 방 창문을 올려다보았다.

"창문을 올려다봐요. 저 안에 이미 나 아닌 다른 내가 살고 있는 것 같아요. 내가 침대에 누워 있기도 하고, 불을 켜고 시험공부를 하기도 하고. 행복할까? 여기 앉아 있는 나보다 더 불행할지도 모르지. 저 안에 있는 내가 엄마와 TV 드라마를 보고, 물을 마시고, 침대에 누워요. 내가 들어갈 자리가 없어요. 이미 내가 사라지고 없는 세상에서 지금 내가 살고 있는 것 같아요. 그러다 방에 들어가면 온기가 느껴져요. 지금까지 누군가가 누워 있던 것처럼. 내가 몰래 다른 사람 방에 들어온 것 같기도 해요. 우리가 서로 느끼지 못할 뿐 한 공간에 겹쳐서 살아가는 거예요."

여자는 차에서 음악을 들었다. 퍼프 대디의 'I'll be missing you' 한 곡만. 한 곡만 반복해 듣다 보면 어느새 노래가 사라지고, 세상의 모든 소음이 사라졌다. 금요일 밤이면 여자는 나를 태우고 'I'll be missing you'가 예순 번쯤 재생될 때까지 어딘가를 달렸다. 창문을 열고 담배를 두 대쯤 피우고 내가 생각했던 재즈카페와는 사뭇 다른 '어른의 장소', 통기타를 연주하는 곳에서 커피를 마시고 24시간 비어 있는 13층으로 돌아와 맥주를 마셨다. 토요일 아침이면 어김없이 나보다 먼저 일어나 샤워를 하고 수건을 머리에 두르고 자그마한 거울을 한참 들여다보며 입술을 빨갛게 칠했다.

여자가 돌아가면 나는 두 시간 정도 과외 문제집을 풀고 학생들을 기다렸다. 일을 마치면 대개 네 시나 다섯 시. 여자를 다시 만나는 날도 있었지만, 보통은 당구장에 앉아 야구를 보았다. 해태가 사라진 뒤로는 응원하는 팀이 없었다. 그날그날 가장 좋은 선발 투수가 나온 경기를 보았다. 내 삶도, 여자와의 관계도, 야구 시즌도 예측할 수 있는 맥락이 없었다. 금요일은 마치 하루걸러 오듯 눈앞에 와 있었고, 금요일이 아닌 날 밤에는 아직 차에 앉아 있다며 아주 오랫동안 통화를 했지만, 만나고 싶어 하지는 않았던 것 같다. 가끔은 이어폰을 꽂고 걸어가다 여자의 차가 지나가는 걸 보기도 했다. 여자의 차에서 여자와 똑 닮은 중년 여성이 내리는 날도 있었다. 엄마로 보이는 저 사람, 여자가 집에 들어가지 않는 이유일까? 여자는 나에게 이다음을 묻지 않았다. 내가 무얼 하고 싶은지, 꿈이 뭔지, 둘 관계가 어떻게 변하길 바라는지. 일을 마치고 온 여자와 오피스텔 앞에서 만나 시동을 걸고, 퍼프 대디의 음악을 들으며 어디로든 갔다. 멀리까지 간 건 아니다. 우리가 가장 멀리 간 곳이라야 고작 도시의 경계, 미군 부대와 산, 논 말고는 아무것도 없는 곳까지였다. 그 이상은 왜 가지 않는지, 바다를 간다거나 어딘가 다른 도시를 가볼 생각은 왜 하지 못했는지. 우리가 태어나 머물고 있는 도시를 떠나 함께 어딘가로 간다는 게 우리 삶의 테두리를 벗어난 일 같았던 걸까? 그 경계를 넘어서면 세상에 둘만 남겨진 듯 둘 관계가 진지해질까 봐 두려웠던 걸까? 사실 지루하고 갑갑한 감정이야말로 우리가 20대를 버텨낼 수 있던 의지의 다른 이름이었던 것 같다. 지루한 테두리를 벗어버리면 우리 또한 아무것도 아닌 게 돼 버리고 말 것 같았는지도 모른다. 우리는 막 시작한 21세기가 아직 도달하지 않은 후미진 도시 주변을 맴돌며 설렘이나 풋풋함과는 멀리 떨어진 20대 중반을 보내고 있었다. 6개월 가까운 시간 동안 여자와 영화 한 편 보지 않았고, 한낮의 카페에서 커피를 마시지도 않았다. 여자의 차에 나란히 앉아 자동차 바퀴 뒤로 밀려나는 아스팔트를 바라보며 시의 경계만 돌고 또 맴돌았을 뿐이다.

여자가 다음 단계에 관해 묻지 않게 된 건 나의 실수 때문이었다. 딱 한 번, 여자는 우리가 결혼을 한다면 어떻게 살게 될까 물었다. 직업도 집도 없이 결혼은 힘들지 않겠어? 신선하지 못한 대답.

"이 차를 팔면 월세 보증금은 나오지 않을까? 둘이 학원이든 과외든 하면서 벌면 되고."

여자가 창문을 열었다. 내가 대답을 미적거리는 사이 내가 해야 했어야 하는 말과 그녀가 기다리던 말들은 전부 창에서 들이치는 소음과 바람에 묻혔다.

"그래, 다 가능하지. 그래도 차는 팔지 말자. 여기보다 좋은 집은 못 구할 것 같으니까."

여자가 창문을 닫았다. 더 적극적인 낙관을 떠들어야 했던 걸까? 나는 아무 말도 하지 않았다. 여자는 자신이 했던 말을 지우며 헤드라이트 안에 가만히 놓인 아스팔트 안으로 빨려 들어갔다. 여자와 나 사이 부풀어 오른 공백을 노래가 메웠다. I'll be missing you, 언젠가, 어쩌면. 여자는 분명히

한풀 꺾였다. 여자에겐 너무나 예상한 그대로의 대답이었을 것이다. 너무나도 예상 그대로라 차마 그런 소리를 들을 거라 생각하지 못했을지도 모른다. 아직 준비가 되지 않았어. 설마 정말로 그 대답을 들은 건가? 그날 여자의 일기에 어떤 말이 적혔을까? 나의 지루함, 뻔함, 너무나 보통이라 실망조차 안 되는 대답. 살면서 가끔 그날의 대답을 다시 구성해 본다. 그날 내가 다른 대답을 할 수 있었다면, 정말로 차를 팔고, 집을 구하고, 정기적으로 할 수 있는 일을 구해 금요일이나 토요일이 아니라 매일을 함께했더라면 어땠을까? 무덤 같은 도시에서 따분하게 남은 목숨을 소비하고 있었을까? 무덤을 벗어나 새로운 도시에서 지난 시절을 탓하지 않으며 살 수 있었을까? 여자는 교사가 되어 아침 일찍 집을 나선다. 옷차림은 편안해졌고, 구두 굽은 낮아졌다. 차는 팔지 않았다. 나는 가까운 지하철역에서 내리며 오늘 저녁밥을 어떻게 할지 묻는다. 그리고 아무것도 들어 있지 않은 손가방을 나풀거리며 계단을 내려간다. 여자가 일기장에 남긴 그날 내 하루가 우리가 달렸던 그 도로를 스치고 사라진 메아리가 아니라 지금 나의 현실이라면, 지금보다 크게 불행했

을까? 지금 나는 무덤 밖 세상을 질주하고 있나? 무리 밖 개

체로 홀로 서서 내 의지대로 두 발을 옮기고 있는 건가?

내가 너를 그리워하게 될까?

"아이 이름으로 뭐가 좋을까?"

고기를 구우며 그가 물었다.

"너 아버지한테 물어봐. 아, 알고는 계시지? 애 태어난다는 거."

"어"

"뭐라시니?"

"데리고 들어오래."

"그럼 애 이름을 왜 나한테 물어? 니 아버지가 지어줘야지."

"아버지가 너한테 물어보래."

"왜 나한테?"

"우리 친구 중에 4년제 대학 간 사람이 너밖에 없잖아."

"4년제면 뭐하냐. 2년제로 끝냈는데."

겨울이면 아이가 태어나고 그는 일을 하며 빚을 갚고, 실제로는 그의 부모가 빚을 갚아주고, 그는 여전히 일을 구하고. 그렇게 일단락이 되어 간다 생각했다. 나는 당구를 칠 줄 모르는 채 당구장을 떠나게 되겠지만, 그걸로 변할 것도 아쉬울 것도 없다. 그의 결혼식 날짜가 잡혔고, 집에서 지내며 어딘가로 출퇴근을 하기 시작했다. 그렇게 한 고비, 삶의 한 구비가 지나간다 생각했다. 하지만 임산부의 배보다 빚이 빨리 부풀었다. 비가 한창이던 7월 초가 되자 이자를 거두러 온 듯한 그의 옛 동료들이 당구장을 찾아왔다. 당구를 치고, 내기를 하고, 담배를 피우고, 짜장면을 시켜 소주를 마시고. 빠칭코 기계에 동전을 50개쯤 집어넣었지만, 역시나 출구는 없는 기계. 그 안에 얼마나 큰 공허가 들었는지 알 수 없을 테지. 암바사를 통째로 마시는 모습에 화가 났지만, 내가 당구장에서 가장 큰돈을 번 날이라 참았다. 당구공 하나를 주머니에 넣고 달마도 그림, 당구 초크같이 어디 쓸 데도 없는 것들을 챙겨가는 모습도 그래서 참았다. 그들 중 한 명과는 분명 서로 얼굴이 익었으나 끝내 아는 척을 하지 않았다. 당구비를 치르던 남자가 손님이 얼마나 오는지, 당구장을 인수하겠다고 오는 사람이 있는지, 부동산 사람들은 가끔 들르는지 물었다. 손님은 하루 한 팀, 당구장을 보러 온 사람은 하나도 없다고 말해 주었다.

빛바랜 페인트 벽에서 달마도 액자가 떨어진 자리만 새하얗게 도드라졌다. 그들은 내게 가끔씩이라도 부동산에 들러 달라고 했다. 보러 오는 사람 있으면 연락 달라고 무슨 무슨 통신이라 적힌 명함을 내밀고, 당구장이 빨리 팔려야 친구가 빚의 일부라도 갚을 수 있으니 잘 부탁한다고 했다.

"아실지 모르지만, 저희 업계가 이자가 세요. 한 달이면 엄청나요. 친구를 위해서 애써 주세요."

"네. 부동산에 자주 들러 볼게요."

"아, 근데, 정 당구장이 안 팔리면, 이 자리에서 뭐 할 만한 일이 있을까요? 무얼 하면 좋을 것 같아요?"

"정말 모르겠는데요. 할 만한 게 있으면 저라도 하고 싶네요."

그는 고개를 끄덕이며 맞는 말이네, 하고는 계단을 내려
갔다. 돈 한 푼 벌어보지 못한 당구장이 다시 저들 손에 들어
가는 건가? 그건 내게도 당구장을 떠난 다음 삶을 서둘러 생
각해야 한다는 뜻이었다. 메리레인이 나를 왜 찾아왔는지
이야기를 끝내야 했다.

장마가 끝나가고, 더위가 몰려올 기세와 더불어 여자와
의 금요일이 비정기적이 되어 갔다. 그녀는 아주 가끔 전화
를 했고, J바가 아닌 나의 집 근처, 20대라면 누구도 가지 않
을 2층, 혹은 지하 경양식 맥줏집에서 밍밍한 국산 병맥주를
마셨다. 그러다 8월이 되어선 이제 학원 일을 그만둘 생각이
라고, 서울에 있는 학원에 등록한다고 했다. 그 말이 내게는
아주 먼 이야기 같았다. 떠나는구나, 이 낮고 지긋지긋한 경
계를. 나는 그녀가 바르는 빨간 립스틱 무게를 감당하고 싶
지 않았다. 저런 꼭 붙은 원피스 대신 면바지에 티셔츠를 입
은, 차에 앉아 일기 같은 건 쓰지 않는 사람을 만나고 싶었
다. 누군가를 만나야 한다면. 사실 아무도 만나지 않는 게 좋
을 삶이었지만, 삶이 비루해질수록 만날 수 있는 사람들의

폭이 넓어졌다. 여자가 더 이상 설레지 않은 시점을 앞당긴 것도 서너 명 또 다른 요일들의 여자를 만날 수 있었기 때문이었다. 그 여자들에게 나 역시 하나의 요일에 지나지 않았을지 모르지만, 나는 함께 살 집 따위는 생각하지 않아도 되는 가벼움이 좋았고, 그 가벼움을 핑계로 나 자신을 탓하며 맥주를 마실 수 있었다. 맥주를 마셔댈 그럴듯한 이유. 나를 곱씹고 학대하고 좌절하기에 충분한 가벼움, 너저분한 삶.

여자는 학원에 적응하는 듯했다. 이어폰을 꽂고 주변을 걷다 보면 한낮 시립 도서관에 여자의 차가 주차되어 있었다. 밤에 문득 여자의 차를 보러 도서관에 가 보기도 했다. 9월이 되면서 여자도 나도 연락을 하지 않았다. 그래도 여자의 차를 보러 도서관 앞을 지나다녔다. 여자가 과연 이 도시 담벼락 너머 세계로 갈 수 있을지. 그리고 간절히 그녀가 이 도시를 벗어나는 데 성공하길 바랐다. 내년, 적어도 내후년에는.

당구장을 떠나며

여름이 가도록 당구장을 인수하겠다는 사람은 나타나지 않았다. 대신 이제 도박판이 벌어지지 않는다는 소문이라도 났는지 손님이 늘었다. 저녁 7시 무렵이면 술에 취한 중년 남자 한두 팀이 당구장을 찾아왔다. 이곳에서 100미터 정도 떨어진 곳에 크고 번듯한 당구장이 있었다. 당구를 잘 치는 사람들은 주로 그곳으로 갔다. 이곳에 찾아온 사람들을 젊은 시절 당구를 쳐 보기는 했으나 즐겨 치지 않았거나 쳐도, 쳐도 실력이 늘지 않는 사람들이었다. 다른 사람들 눈치 안 보고 마음껏 우스운 꼴을 보여주기 좋은 곳, 포켓볼같이 '요즘' 사람들이 즐기는 장소와 거리가 먼 곳. 게임비 내기도 하지 않았다. 오히려 서로 짜장면값을 내려 하고, 게임비를 계산하겠다고 실랑이를 벌였다. 사람들이 늘자 적적함, 소파에서 누워서 보내는 시간이 끝나 버렸고, 당구를 쳐 보고 싶다는 마음은 여전히 들지 않았고, 그렇다고 생활비가 벌리는 것도 아니었다. 착실히 돈을 벌려면 중학생을 가르치는 작은 학원에 취직을 해야 할 것 같았다.

대학 2학년 휴학이라는 이력서로는 들어갈 수 있는 자리가 뻔했다. 사실은 휴학이 아니라 퇴학이지만. 초등학생부터 중학생까지 일주일에 40시간 수업을 시키면서 월급 100만 원도 안 되는 학원. 그게 내 이력서를 받아주는 학원들의 이력이었다. 당구장에 죽치고 앉아 더 이상 써지지도 않는 글을 붙잡고 있는 일에도 싫증이 났다. '메리레인'은 길을 잃었다. 창가에 앉아 메리레인을 기다렸지만, 장마가 끝나며 아이가 찾아오는 날도 끝났다. 당구장은 몹시 더웠고 문을 열지 않는 날이 많아졌다. 그걸로 당구장 주인이 섭섭해하지는 않았다. 새 일이 어찌 돼 가는지, 태어난다는 아이는 잘 태어났는지, 아들 이름은 정말로 내가 말해준 대로 지었는지, 통화를 한 지도 꽤 오래돼 가고 있었다. 나는 당구장 대신 동네 놀이터 그네에 앉아 생활정보지 구인란에 동그라미를 쳐 가며 '중등 국어 강사 모집' 광고를 낸 학원에 전화를 걸었고, 몇 번의 면접을 보았다. 다들 시큰둥했다. 매일 아침 새로운 신문을 들고 더 멀리, 더 멀리 있는 놀이터 그네를 찾아다녔다.

걸어서 30분 정도 걸리는, 집에서 전철 두 정거장 떨어진 학원에서 초중등 전 학년, 일주일 40시간 넘는 수업을 제안했다. 고등학교 선배라는 학원장이 내 나이와 졸업장을 무릅쓰고 학교 후배라서 특별히 채용해 준다고 말했지만, 흡혈에 버금가는 노동을 견딜 사람은 이런 악조건을 안은 사람 말고는 없었을 것이다. 수업이야 교사용 문제집에 쓰인 교안대로 읽으면 그만이라 준비할 게 없었다. 그래서 전화를 끊자마자 오후 두 시에 출근해서 밤 열 시까지 거의 쉬지 않고 교안을 읽는 날에 돌입했다. 그런 수업이 문제 될 게 없는 학원이었다. 공부를 해야 할 아이들은 그 학원에 다니지 않았다. 선생이라 하기에는 너무 젊은 남자 선생이 왔으니 아이들이 좋아하겠지, 그런 용도로 쓰였다. 나로서도 뽐

낼 실력 같은 거 없는 처지에 서로 기댄 거라 할 수 있다.

9월이 되며 학생들 중간고사 준비로 주말에도 당구장을 열지 않았다. 열쇠를 받아 가라는 메시지를 보내자 한참 뒤 전화를 걸어온 그는 나에게 10만 원만 빌려달라고 말했다. 타이어 마모가 심한데 새 타이어를 할 돈은 없고 좌우를 바꾸기만 할 거라고. 10만 원을 빌릴 처지라면 10만 원도 갚지 못할 처지겠지. 돈을 주고 싶지 않은 게 아니었다. 10만 원을 빌려야 하는 처지에 타이어 핑계밖에 꺼내지 못하는 태도가 싫었다.

"그냥 버스를 타. 타이어 교체할 돈도 없으면 버스를 타야지. 교통카드 하나 사줄까?"

"미안하다. 미안해."

교통카드를 사서 충전해 쓰라는 말이 그에게는 전혀 현실적으로 들리지 않았을 거라는 건 그때는 헤아리지 못했다. 그가 상상할 수 있는 최악의 생활이란 건 내가 생각하는 어지간한 삶과 비슷했을 것이다.

"우리 아들 태어나면 자주 보러 와. 니가 지어 준 이름이잖아."

얼마 지나지 않은 일요일 이른 아침 전화가 왔다. 왠지 꺼림칙한 벨 소리. 시장에서 핸드폰 판매점을 하는 친구였다. 받고 싶지 않았다. 두 집 걸러 하나 핸드폰 가게라며, 가겟세도 올라 장사하기 힘들다며 밤늦게 술 한 잔 더 하자는 전화를 한 적은 있지만 낮에 통화를 한 적은 없는 친구였다. 전화를 끊고 아주 오랫동안 샤워를 하고 편의점에서 왁스를 사 와 머리에 발랐다.

버스 창밖, 바람에 날리는 나뭇가지가 내 한숨처럼 늘어지고, 차창에 머리를 기대고 유리에 서렸다 사라지는 숨의 흔적만 바라보며, 제발 버스가 천천히 도착하길 바랐다.

"그저께 그 새끼가 가게에 왔었거든."

"돈 빌려 달라고? 타이어 교체한다고 나한테도 전화했었어."

"그랬구나. 그 미친 새끼가 저번 달에 하도 급하다고 해서 내가 50만 원 빌려줬어. 요새 계속 우리 가게에서 얼쩡대고 있었거든. 일 없냐 그러면 이제 약속 있어서 간다면서 안 가고 종일 삐대는 거야. 그저께도 문 열 때 와서 점심 먹을 때가 됐는데도 안 가잖아. 같이 일하는 애가 짜장면 시킨다고 하는 걸 내가 짜증 나서 시키고 말라고 했어. 쟤 가면 시키자고."

"밥 먹을 돈도 없었나? 뭘 어쩌다."

"몰라, 나도. 배달 가게 모아 놓은 책자 있지, 그걸 뒤지면서 지도 짜장면 먹는다고 나더러 시켜 달라잖아."

잠시, 그가 훌쩍였고, 나는 전화를 끊고 싶었다.

"꼴도 보기 싫은 새끼랑 머릴 맞대고 밥이 넘어가겠냐? 끝까지 안 시켰어. 신문 보고, 인터넷 보고 하다가 두 시쯤 됐나, 간다 그러더라고. 쳐다도 안 봤어. 그깟 새끼 가든 말든."

한숨은 이제 대놓고 울음으로 바뀌려고 했다.

"짜장면 한 그릇이 뭐가 아깝다고, 그 잘 먹는 놈한테 그걸 안 먹여 보냈냐. 그게 뭐가 아깝다고. 짜장면이. 그거라도 먹여서 보냈어야 하는데."

막연했던 불안이 확실하게 조여 왔다.

"어떻게 죽었대?"

"얘네 부모님은 자살이 아니라고 하는데, 가족들한테

미안하다고 메모도 써 놨대."

그가 죽었다. 부고를 알릴 사람들이 있나 휴대폰을 뒤져 보았지만 연락할 만한 사람이 없었다. 빌려주지 않은 10만 원을 조의금으로 받아 가다니. 당구장 열쇠를 주머니에 넣고 버스를 타러 갔다. 이렇게 반년 만에 이 도시의 경계를 넘게 되었다.

말했던가, 나는 전생에 물고기였다고? 바다가 수면에서부터 점차 무리가 떠 있던 깊이까지 밝아오던 날이었다. 빛은 무리를 지나치고서도 멈출 줄 몰랐다. 언제까지나 시커멓게 지루할 줄 알았던 세상은 까마득히 높은 절벽과 광활한 사막, 그보다 더 광활하고 파란 하늘로 바뀌었다. 그전까지는 한 번도 있다고 생각해 보지 못한 저 아래 땅이 머리 위로 솟구쳐 올랐고, 허를 찔린 바다는 치밀어 오르는 봉우리들 사이에서 저 아래로 맹렬하게 쏟아져 내렸다. 세상에 굴곡이 생겼고, 경계가 생겼고, 색깔이 생겨났다. 색깔의 혁명이었다. 무리 사이에 공기가 스며들었다. 분별이 생겨났다. 그것으로 무리가 뿔뿔이 흩어질 거라 생각했다. 서로 마주본다는 놀라움, 살결과 살결, 그 사이에 놓인 공기의 움직임,

소리의 파동. 하지만 무리들 중 누구도 색깔을 누리려고 하지 않았다. 서로의 눈을 가려주고 비 오는 계절을 기다리며 몸을 움츠렸다. 그러다 비 오는 계절이 오면 몸통이 물고기처럼 부풀어 올랐다. 비가 그치고 계곡이 말라가는 계절이 오면 몸 일부를 도려내는 건조한 공기가 피부를 뚫고 지나갔다. 고통을 부정할 수는 없다. 아무리 부정하려 해도, 이제 나는 두 발로 걸으며 폐로 숨을 쉬어야 했다.

도시 경계 밖은 가을이었다. 색깔이 있었다. 내 몸에 걸쳐진 검은 옷 정도로는 그 많은 색깔을 부정할 수 없었다. 당구장 열쇠를 그의 아버지에게 건넸다. 장례식장을 나와 막차를 타고 집으로 돌아오며 이제 나도 이곳을 떠나야 할 시간이라고 생각했다. 어디로 가야 할까, 어디서 살아야 할까. 버스에서 내려 J바 앞을 서성댔다. 문 닫힌 도서관 앞에서 서서 여자의 차를 생각했다. 집으로 돌아와 라디오를 켜고 맥주를 마셨다. 여기저기 전부 태풍이 올라온다는 뉴스뿐이었다. 지난 12일 18시경 제주도 성산포 동쪽 해상에 상륙한 제14호 태풍 매미가 빠르게 북상하고 있습니다. 최저기압은 950hPa로 역대 최고이며 바람도 초속 60m로 1904년 기상

관측 이래 최고 속도입니다. 20시경에 경상남도 사천시 부근 해안으로 상륙하였고, 계속해서 경남 함안, 대구를 거쳐 동해상으로 빠져나가리라 예상됩니다.

다음날 장례식장에 가지 않았다. 장례식은 그걸로 됐다. 나는 태풍 뉴스를 들으며 오랫동안 잠을 잤다. 잠을 깨어 당구장 열쇠를 찾기도 하다가, 아, 여기 없지, 안심했다. 이제 정말 한 철이 가고 있구나. 학원장이 당장 출근하지 않으면 다시는 이 업계에 발을 붙이지 못하게 하겠다는 협박 메시지를 보냈다. 괜찮아요. 발붙일 생각 없었으니까. 모텔 사이 골목을 세차게 빠져나가는 바람, 맴, 맴, 맴, 욕정, 허무, 탐닉, 허망, 맴, 맴, 맴. 메리레인 노트를 당구장에 두고 왔다. 당구장으로 뛰어가다 우산이 뒤집혔다. 문을 흔들어 보고 창문으로 올라갈 수 있을까, 벽을 더듬어 보고. 도무지 들어갈 방법이 없었다. 당구대 위에 놓여 있을 공책 한 권을 생각하며 하염없이 얼굴로 떨어지는 비를 맞았다. 집으로 돌아와 뜨거운 물로 샤워를 하고, 캔맥주를 마셨다. 목이 칼칼했다.

태풍이 한창인 오후 메리레인이 당구장으로 나를 찾아

왔다. 나는 비가 새는 창문에 수건과 휴지를 끼워 넣고 바닥을 닦고 있었다. 움푹 팬 바닥 굴곡마다 빗물이 고여 있었다. 아이는 비옷을 손 씻는 싱크대에 올리고 소파에 앉았다.

"메리레인, 나는 당신의 메리레인, 비가 그치고 나면 나는 어른이 되지요. 빗속의 당신을 기억해요. 작고 노란 꽃, 기억해요, 당신은 빗속의 메리레인."

아이는 아주 작게 노래를 불렀다. 한 번, 두 번, 세 번, 네 번.

"이 노래를 기억해. 메리레인."

나는 이 노래를 아주 많이 불러본 듯했고, 그래서였을까 자꾸 눈물이 났다.

"네가 나의 메리레인이니? 네가 내 어린 시절이니?"

"비가 그치고 나면 나도 어른이 될 거야. 그게 좋은 일이 아니란 걸 알았지만, 모두 그렇게 되고 말잖아. 그치?"

"그래, 결국 그렇게 되고 말지. 준비 없이, 덩그러니. 그래도 너한테 이런 말은 해 줄 수 있을 것 같아. 좋은 일도, 나쁜 일도, 슬픈 일도, 기쁜 일도 전부 살아 있는 사람들의 이야기라는 걸. 이건 모두 살아 있는 우리 이야기야. 너, 나, 메리레인. 살아 있는 내가 기억하는 이야기야. 우리는 사실 기억에 불과할지 몰라."

　잠에서 깨어 나는 책상 위에 놓인 아무 종이에다 메리레인이 부르던 노랫말을 적었다. 비가 그치고 이어폰을 꽂고서 동네를 조금 걸었다. 안개비가 가득 찬 저녁 공기, 화분이 흩어지고, 부러진 가로수 가지가 지나는 바람에 굴러다니고, 거리에 나선 사람은 없었다. 그러다 문득 올려다본 집 창가에 노란 비옷이 걸려 있었다. 거기까지가 꿈이었는지, 정말로 창가에 걸린 비옷을 봤는지는 확실하지 않다. 확실하지 않은 건 그게 다가 아니다. 몇 번이고 꿈에서 그를 만나면서 나는 언제부턴가 그가 살아 있는지 죽었는지 모호한 채로 살게 되었다. 그는 밤마다 전화를 걸었다. 어딘가 숨어 살고 있다고. 만나러 와 달라고. 미안해. 살아 있거나 죽었거나, 나는 내가 기억하는 그와 대화를 한다. 미안하긴, 내가 미안하지. 베란다에 앉아 맥주를 마실 때면 지금쯤 그가 무얼 하고 있을지 상상해 보기도 한다. 그때로부터 나는 얼마나 멀리 온 걸까? 어쩌면 정말로 메리레인의 날을 기억하지 못하는 2003년의 나를 만나러 어린 시절의 내가 다녀갔던

게 아닐까?

사상자 130명, 재산피해액은 4조 2천억 원. 9천 채 집이 부서졌고, 다리 30개가 무너졌고, 489대의 차량이 침수되었다. 매미가 남긴 흔적. 허망을, 좌절, 눈물을 에워싸던 맴, 맴, 맴.

그로부터 6년 뒤 2003년의 대통령이 죽었다. 그리고 얼마 뒤 친구 결혼식에서 빨간 립스틱의 여자가 죽었다는 이야기를 들었다. 하지만 아직도 여자가 타던 차는 그 도시를 떠나지 않고서 시내를 맴, 맴, 돌고 있다고 했다. 가끔 생각한다. 내가 그 작은 오피스텔에서 그녀와 함께 살기 시작하고, 괜찮은 일자리를 구해 지금껏 그 도시를 떠나지 않고 살고 있었더라면 그녀는 어떻게 됐을까? 아직 살아 있을까? 여자가 몰던 차는 어떻게 됐을까? 우리 아이를 태우고 시내 이곳저곳을 다니고 있었을까?

내가 그 도시를 떠나기까지는 그러고도 한 계절이 더 걸렸다. 그 도시를 떠나고도 정착하기까지는 아주 오랜 시간이 걸렸다. 1년에 한 번 이사를 하며 서울 곳곳을 옮겨 다녔고, 꽤 많은 나라를 여행했다. 다섯 개쯤 되는 연관성 없는 직업을 가졌고, 내가 옮겨 다닌 이야기들로 책을 몇 권 썼다. 현실의 재즈카페에서 넥타이를 매지 않은 사람들과 맥주를 마셨고, 취향에 맞지 않았지만 몇 번인가 재즈공연을 보기도 했다. 위스키, 브랜디를 집에 쌓아 두고 마셨다. 그것이 내 삶의 성취는 아니었다. 내 세계는 그때 이후 넓어지지도, 깊어지지도 않았다. 나는 여전히 공간을 배회하고, 초조하게 내게 남은 시간들을 연소하고 있다. 행복이 무어라고는 아직도 말할 수 없다. 어떻게든 '메리레인' 이야기를 끝내 보려 했지만, 주저주저하는 사이 20년 가까이 흘렀다. 20년이라니. 믿을 수 없는 게 그뿐인가. 나를 지각의 문 저편으로 끌어올린 그가 죽었다. 2014년 10월 27일 밤 12시. 초인종이 울리고, 옆집 부부가 편의점 봉투를 들고 서 있었다.

"신해철이 죽었대요. 같이 맥주 마셔요."

그때부터였던 것 같다. 어떻게든 '메리레인' 이야기를 끝내야겠다고 생각한 게. 그렇지 않고서는 끝내 무리 안에서 객체가 되지 못하고 사라질 것 같았다. 그가 앉아 있던 재즈카페 안으로 영영 들어설 수 없을 것 같았다. 그러나 망설여졌다. 어린 메리레인에게 어떤 이야기를 들려주어야 하는지. 살아볼 만한 인생이었다고 이야기할 수 있을까? 이렇게 살아서는 안 됐다고, 너에게 희망을 건다고 말하는 게 맞지 않을까? 나는 눈을 감고 가만 2003년의 당구장으로 돌아간다. 대학을 그만두고 당구장에서 반년을 보내던 20대 중반 청년이 줄 노트를 펴고 앉아 있다. 그가 공책에 적는 글자들을 가만 들여다본다. 불현듯 이 글자들이 40대가 된 나의 시대로 날아와 한 글자 한 글자 현실에 새겨진다. 나는 더 가까이 2003년의 나에게 다가간다. 그에게 해 줄 말은 없다. 너는 줄곧 나에게 말을 걸고 있었구나. 내 현실에 관여하고 있었구나. 그 어린 메리레인이 너에게 말을 걸어왔던 것처럼. 당신은 나의 메리레인, 나는 당신의 메리레인. 그리고 또 어느 시점에서 나는 지금을 기억하게 될 것이다. 거기에는 몇 장면의 죽음, 사라짐이 보태질 것이고, 나는 그 기억들을 끄집어내며 이렇게 말할 것이다.

"정말 있었던 일이야. 지금은 사라지고 말았지."

메리레인의 노래를 들어보세요.